rororo

ro
ro
ro

Vladimir Nabokov wird am 23. April 1899 in St. Petersburg geboren. Nach der Oktoberrevolution flieht die Familie 1919 nach England. 1919 – 1922 in Cambridge Studium der russischen und französischen Literatur. 1922 – 1937 in Berlin, erste Veröffentlichungen, meist unter dem Pseudonym W. Sirin. 1937 – 1940 nach der Flucht aus Nazideutschland in Südfrankreich und in Paris, seit 1940 in den USA. Lehrtätigkeit, von 1948 – 1959 an der Cornell-Universität in Ithaca, New York. 1961 – 1977 wohnt Nabokov in einer Suite im Palace Hotel in Montreux. Er stirbt am 2. Juli 1977.

Das Gesamtwerk Vladimir Nabokovs erscheint im Rowohlt Verlag und im Rowohlt Taschenbuch Verlag. Weitere Informationen zum Werk des Autors finden sich im Anhang dieses Buches.

Vladimir Nabokov

Die Schwestern Vane

Erzählungen
1943–1951

Deutsch von
Renate Gerhardt und
Dieter E. Zimmer

Rowohlt Taschenbuch Verlag

Der Text folgt:
Vladimir Nabokov, Gesammelte Werke,
Band 14, Erzählungen 2,
herausgegeben von Dieter E. Zimmer

Veröffentlicht im
Rowohlt Taschenbuch Verlag GmbH,
Reinbek bei Hamburg, Dezember 1999

Umschlaggestaltung Beate Becker
Foto: MAURITIUS – nonstock
Gesamtherstellung Clausen & Bosse, Leck
Printed in Germany
ISBN 3 499 22690 1

Inhalt

Erzählungen 1943–1951
(in englischer Sprache)

Erzählungen
1943 – 1951

(In englischer Sprache)

Der Regieassistent

1

Was das heißen soll? Nun ja, daß das Leben bisweilen eben nur das ist – ein Regieassistent. Wir wollen ins Kino gehen heute abend. Zu den Dreißigern zurück, abwärts an den Zwanzigern entlang und um die Ecke zum alten Filmpalast Europa. Sie war eine gefeierte Sängerin. Keine Opern, nicht einmal *Cavalleria rusticana*, nichts dergleichen. «La Slavska» – so nannten die Franzosen sie. Stil: ein Zehntel Zigeuner, ein Siebentel russische Bauerndirn (das war sie ursprünglich gewesen) und fünf Neuntel leichte Unterhaltung – und mit leichter Unterhaltung meine ich einen Mischmasch aus künstlicher Folklore, militärischem Melodram und offiziellem Patriotismus. Der offen gebliebene Bruchteil scheint ausreichend für die Klangpracht ihrer erstaunlichen Stimme.

Zumindest in geographischem Sinn mitten aus dem ehemaligen Herzen Rußlands kommend, erreichte diese Stimme schließlich die großen Städte, Moskau, Sankt Petersburg und die Umgebung des Zaren, die eine Menge übrig hatte für diesen Stil. In Fjodor Schaljapins Ankleidezimmer hing eine Aufnahme von ihr: perlenbesetzte russische Kopfbedeckung, die Wange in die Hand gestützt, blendende Zähne zwischen fleischigen Lippen, und quer darüber ein großes unbeholfenes Gekritzel: «Für Dich, Fedjuscha.» Schneesterne, von denen jeder, bevor die Ränder dahinschmolzen, seine komplexe Symmetrie auswies, kamen sanft auf den Schultern und Ärmeln und Schnurrbärten und Mützen zur Ruhe – alle warteten sie in einer Schlange auf die Öffnung der Kasse.

Bis zu ihrem Tode war ihr nichts so teuer wie eine reichverzierte Medaille und eine riesige Brosche, die sie einst von der Zarin erhalten hatte – oder wenigstens behauptete sie, nichts sei ihr teurer. Sie kamen aus einer Juweliersfirma, die einträgliche Geschäfte tätigte, indem sie das kaiserliche Paar bei jeder festlichen Gelegenheit mit diesem oder jenem (jedes Jahr wertvolleren) Emblem massiven Zarentums bedachte: etwa einem großen Amethystbrocken, auf dem eine rubinbesetzte bronzene Troika wie eine Arche Noah auf dem Ararat gestrandet war, oder einer wassermelonengroßen Kristallkugel, die einen goldenen Adler mit viereckigen Diamantenaugen trug, denen Rasputins sehr ähnlich (viele Jahre später wurden einige der weniger symbolträchtigen Gegenstände von den Sowjets auf einer Weltausstellung als Musterbeispiele für ihre eigene blühende Kunst gezeigt).

Wären die Dinge weiter so gelaufen, wie sie zu verlaufen schienen, so sänge sie möglicherweise noch heute abend im zentralgeheizten Adelssaal oder in Zarskoje, und ich, auf Steppvisite bei Stiefmütterchen Sibiria, schaltete in irgendeinem entlegenen Kaff ihre Radiostimme ab. Das Schicksal indessen nahm den falschen

Lauf; und als die Revolution kam, gefolgt von dem Krieg der Roten und der Weißen, erwählte ihre verschmitzte Bauernseele die praktischere Seite.

Geisterhafte Scharen geisterhafter Kosaken auf Geisterpferden sieht man durch den langsam ausgeblendeten Namen des Regieassistenten hindurch stürmen. Dann erfaßt das Bild den schmucken General Golubkow, der durch ein Opernglas gelangweilt das Schlachtfeld überblickt. Als das Kino und wir jung waren, pflegte man uns den Anblick säuberlich in zwei verbundene Kreise gerahmt zu zeigen. Heute nicht mehr. Was wir als nächstes sehen, ist, wie General Golubkow, von dem plötzlich alle Trägheit abgefallen ist, in den Sattel springt, einen Augenblick lang auf seinem sich bäumenden Schlachtroß in den Himmel ragt und dann zu einem tollkühnen Angriff davonprescht.

Doch das Unerwartete ist das Infrarot im Spektrum der Kunst: Anstelle des bedingten Tack-tack-tack-Reflexes von Maschinengewehren hört man von weit her eine Frauenstimme singen. Näher, noch näher, und schließlich alles ausfüllend. Ein herrlicher Alt, der in alles hineinschwillt, was der für die Musik zuständige Mann an russischen Weisen in seinem Archiv gerade vorgefunden hat. Wer ist das an der Spitze der Infraroten? Eine Frau, der singende Schutzgeist jenes besonderen, besonders gut ausgebildeten Bataillons. Ganz vorne marschiert sie, zertrampelt die Luzerne und läßt ihren Wolga-Wolga-Sang entströmen. *Dshigit* Golubkow, fesch und furchtlos (jetzt wissen wir, was seine Augen erspäht hatten), gelingt es, obschon er an mehreren Stellen verwundet ist, sie im Galopp zu sich heraufzureißen, und so wird sie, die sich wonniglich wehrt, davongetragen.

Sonderbar, dieses elende Drehbuch wurde von der Wirklichkeit tatsächlich verfilmt. Ich selber habe wenigstens zwei verläßliche Zeugen des Vorfalls gekannt; und die Wachposten der Geschichte haben es unangefochten durchgehen lassen. Sehr bald schon sehen wir sie die Offiziersmessen mit ihrer drallen Schönheit und ihren ach so wilden Liedern um den Verstand bringen. Sie war eine *Belle Dame* mit einer beträchtlichen Menge *Merci*, und sie besaß eine Vitalität, die Louise von Lenz oder der *Green Lady* abging. Sie war es, die den allgemeinen Rückzug der Weißen versüßte, der kurz nach ihrem märchenhaften Erscheinen in General Golubkows Lager einsetzte. Ein düsterer Anblick wird uns flüchtig gezeigt: Raben, Krähen – oder welche Vögel auch immer verfügbar waren – kreisen in der Abenddämmerung und lassen sich langsam auf eine mit Körpern übersäte Ebene irgendwo im Ventura County nieder. Die tote Hand eines Weißgardisten hält noch ein Medaillon mit dem Gesicht seiner Mutter umklammert. Ein roter Soldat nicht weit davon hat auf seiner zerschmetterten Brust einen Brief von daheim, aus dessen verschwimmenden Zeilen dieselbe alte Frau hervorschaut.

Und dann, in gewohntem Kontrast, brechen prompt und gewaltig Musik und Gesang los, Hände klatschen den Takt, gestiefelte Füße stampfen auf den Boden, und wir erblicken General Golubkows Stab mitten in einem Saufgelage – ein geschmeidiger Georgier vollführt einen Dolchtanz, der peinlich angerührte Samowar spiegelt verzerrte Gesichter, die Slavska wirft mit kehligem Lachen ihren Kopf zurück, und der Fettwanst des Korps, greulich betrunken, den betreßten Kragen geöffnet, die fettigen Lippen zu einem viehischen Kuß gespitzt, lehnt sich quer über den Tisch (Großaufnahme eines umgekippten Glases), um – ein Nichts zu umarmen, denn der drahtige und stocknüchterne General Golubkow hat sie behende entfernt und spricht jetzt, da sie beide der Bande gegenüberstehen, mit kalter, klarer Stimme: «Meine Herren, ich möchte Ihnen meine Braut vorstellen» – und in dem betäubten Schweigen, das darauf folgt, geschieht es, daß eine verirrte Kugel von draußen die dämmerblaue Fensterscheibe durchschlägt, und tosender Beifall umfängt das zauberhafte Paar.

Es kann wenig Zweifel daran bestehen, daß ihre Gefangennahme kein reiner Zufall gewesen war. Indeterminismus wird im Filmstudio nicht geduldet. Noch weniger Zweifel gibt es daran, daß der General und sein Eheweib schon bei Beginn des großen Exodus, als sie wie viele andere über Sirkedshi in die Motzstraße und die rue Vaugirard mäanderten, ein Gespann, ein Lied, einen Decknamen bildeten. Selbstverständlich wurde er ein tüchtiges Mitglied des W. B. (Weißgardisten-Bundes), reiste umher, organisierte militärische Lehrgänge für russische Knaben, veranstaltete Wohltätigkeitskonzerte, machte Baracken für Notleidende ausfindig, schlichtete lokale Streitigkeiten und erledigte das alles auf höchst unaufdringliche Weise. Vermutlich war er in mancher Hinsicht sogar nützlich, dieser W. B. Seinem geistigen Wohlergehen allerdings war es abträglich, daß er völlig außerstande war, sich von den monarchistischen Emigrantengruppen unabhängig zu machen, und im Gegensatz zu der Intelligenzija der Emigranten die fürchterliche Vulgarität, den Ur-Faschismus jener lächerlichen, aber bösartigen Organisationen nicht empfand. Wenn wohlmeinende Amerikaner mich fragen, ob ich nicht den charmanten Oberst Soundso oder den großartigen alten Grafen von Kickoffsky gekannt habe, bringe ich es nicht übers Herz, ihnen die traurige Wahrheit zu eröffnen.

Doch noch eine andere Menschensorte hatte mit dem W. B. zu tun. Ich meine jene abenteuerdurstigen Seelen, deren Dienst an der Sache darin bestand, daß sie in irgendeinem verschneiten Tannenwald über die Grenze gingen, um sich in den verschiedenen Verkleidungen, welche kurioserweise einst gerade von den Sozialrevolutionären entwickelt worden waren, in ihrer Heimat umzusehen und in aller Stille in das kleine Pariser Café namens Esch-Bubliki oder die namenlose kleine Berliner Kneipe jene brauchbaren Bagatellauskünfte zurückzubringen, mit denen Spione ihren Auftraggebern aufzuwarten haben. Einige dieser Männer hatten sich in krause Verwicklungen mit den Spionagediensten anderer Länder eingelassen und schreckten auf amüsante Weise hoch, wenn man ihnen von hinten auf die Schultern tippte. Einige spielten Pfadfinder, weil es ihnen Spaß machte. Ein oder zwei glaubten vielleicht wirklich, daß sie in irgendeiner mystischen Weise die Auferstehung einer geheiligten, wiewohl etwas muffigen Vergangenheit vorbereiteten.

2

Nunmehr werden wir Zeugen einer höchst unheimlich monotonen Serie von Ereignissen. Der erste Vorsitzende des W. B., der starb, war der Führer der gesamten weißen Bewegung und bei weitem der Beste von allen; gewisse dunkle Symptome bei seiner plötzlichen Erkrankung deuteten auf den Schatten eines Giftmörders. Der nächste Vorsitzende, ein riesiger, kräftiger Kerl mit einer Donnerstimme und einem Kopf wie eine Kanonenkugel, wurde von Unbekannten entführt; es sprechen Gründe dafür, daß er an einer zu starken Dosis Chloroform starb. Der dritte Präsident – doch meine Spule läuft zu schnell. In Wahrheit brauchte es sieben Jahre, die ersten beiden zu beseitigen – nicht etwa, weil dergleichen nicht schneller bewerkstelligt werden könnte, sondern weil besondere Umstände vorlagen, die eine sehr genaue Wahl des Zeitpunkts nötig machten, um den eigenen stetigen Aufstieg und das gelegentliche Auftreten plötzlicher Vakanzen aufeinander abzustimmen. Wie das?

Golubkow war nicht nur ein sehr wendiger V-Mann (ein Tripelagent, genau gesagt); er war auch ein ausnehmend ehrgeiziges Bürschchen. Warum die Aussicht, einer Organisation vorzustehen, die lediglich ein Sonnenuntergang hinter einem Friedhof war, es ihm derart angetan hatte, das ist nur jenen ein Rätsel, die selber keine Steckenpferde oder Leidenschaften haben. Es gelüstete ihn sehr danach – das ist alles. Weniger begreiflich ist seine Zuversicht, daß er imstande wäre, seine zwergenhafte Existenz zwischen den beiden gewaltigen

Mächten, deren gefährliches Geld und gefährliche Unterstützung er entgegennahm, nicht zerreiben zu lassen. Ich bitte um ungeteilte Aufmerksamkeit, denn es wäre schade, wenn jemandem die Feinheiten der Situation entgingen.

Die höchst unwahrscheinliche Aussicht, daß eine geisterhafte Weiße Armee je imstande wäre, die Kriegshandlungen gegen die gefestigte, massige Macht der Sowjets wiederaufzunehmen, konnte diese nicht ernstlich beunruhigen; hingegen konnte es sehr wohl ihren Unwillen erregen, daß irgendwelche zusammenhanglosen Nachrichten über Festungen und Fabriken, von zudringlichen und schwer dingfest zu machenden W. B.-Leuten gesammelt, automatisch in dankbare deutsche Hände fielen. Die Deutschen ihrerseits hatten wenig Interesse für die abstrusen Farbschattierungen russischer Emigrantenpolitik, aber was sie störte, war der ungenierte Patriotismus, mit dem hin und wieder ein W. B.-Präsident aus ethischen Gründen den glatten Fluß freundschaftlicher Kollaboration zwischen ihnen und der sowjetischen Regierung behinderte.

So war General Golubkow ein Geschenk des Himmels. Die Sowjets hofften zuversichtlich, daß ihnen unter seinem Vorsitz alle W. B.-Agenten bekannt würden – und listigerweise mit falschen Informationen für den nachrichtenhungrigen deutschen Konsum beliefert werden könnten. Die Deutschen waren nicht minder davon überzeugt, daß er ihren eigenen, absolut verläßlichen Agenten, die unter den üblichen W. B.-Leuten verteilt waren, eine reiche Ausbeute garantieren würde. Keine Seite gab sich irgendwelchen Illusionen über Golubkows Loyalität hin, aber jede nahm an, daß sie die Schwankungen seiner Betrügereien sich selbst zunutze machen könne. Die Träume einfacher russischer Menschen, schwer arbeitender Familien in entlegenen Teilen der russischen Diaspora, die ihren bescheidenen und ehrsamen Geschäften nachgingen, wie sie es in Saratow oder Twer nicht anders getan hätten, die zarte Kinder in die Welt setzten und sich in dem naiven Glauben wiegten, daß der W. B. eine Art Artussche Tafelrunde wäre, die für alles eintrat, was im Märchenrußland liebenswert, anständig und gesund gewesen war und wieder sein würde – solche Träume mögen den Leuten am Schneidetisch sehr wohl als überflüssige Auswüchse des Hauptthemas erscheinen.

Als der W. B. gegründet wurde, stand General Golubkows (da niemand mit dem Tod des Präsidenten rechnete, natürlich rein theoretische) Kandidatur sehr weit unten auf der Liste – nicht, weil seine legendäre Ritterlichkeit von den anderen Offizieren etwa nicht gebührend gewürdigt wurde, sondern weil er der jüngste General in der Armee war. Als die Wahl des nächsten Vorsitzenden fällig wurde, hatte Golubkow bereits ein so gewaltiges Organisationstalent an den Tag gelegt, daß er das Gefühl hatte, gefahrlos einige der vor ihm rangierenden Namen der Liste streichen und damit nebenbei auch das Leben ihrer Träger schonen zu können. Nachdem der zweite General beseitigt war, waren viele W. B.-Mitglieder überzeugt, daß General Fedtschenko, der nächste Anwärter, dem jüngeren und tüchtigeren Mann seine Rechte abtreten würde, die er dank seinem Alter, seinem Ruf und seiner akademischen Würde genießen durfte. Dem alten Herrn dünkte zwar der Genuß zweifelhaft – gleichwohl hielt er es für feige, einen Posten auszuschlagen, der zwei Männern das Leben gekostet hatte. So biß General Golubkow die Zähne zusammen und machte sich aufs neue an die Wühlarbeit.

Körperlich wirkte er wenig anziehend. Er hatte nichts von dem an sich, was man sich unter einem russischen General vorzustellen beliebt, nichts Treuherziges, Stämmiges, Stieläugiges, Stiernackiges. Er war mager, zart, hatte scharfe Gesichtszüge, einen gestutzten Schnurrbart und einen Haarschnitt, der von den Russen Igelfrisur genannt wird: kurz, drahtig, nach oben gesträubt und kompakt. Um sein behaartes Handgelenk trug er eine dünne Silberkette, und er bot einem säuberlich selbstgedrehte russische Zigaretten oder englische «Käppstens» (wie er es aussprach) an, fein nebeneinander in einem alten, geräumigen Zigarettenetui aus schwarzem Leder aufgereiht, welches ihn durch den mutmaßlichen Rauch ungezählter Schlachten begleitet hatte. Er war ungemein höflich und ungemein unauffällig.

Jedesmal, wenn die Slavska einen Empfang gab, was sie in den Häusern ihrer verschiedenen Mäzene zu tun pflegte (einer Art baltischen Barons, eines Dr. Bachrach, dessen erste Frau eine berühmte Carmen gewesen war, oder eines russischen Kaufmanns alter Schule, der es sich im inflationstollen Berlin wohl sein ließ, indem er Häuserblocks für zehn englische Pfund das Stück aufkaufte), wand sich ihr schweigsamer Gatte bescheidentlich an seinen Gästen vorbei und brachte einem ein Schnittchen mit Wurst und Gürkchen oder ein winziges, frostig fahles Glas Wodka; und während die Slavska sang (bei derlei inoffiziellen Anlässen pflegte sie im Sitzen zu singen, eine Faust in die Wange gedrückt und den Ellbogen in die Fläche der anderen Hand gestützt), hielt er sich abseits, stand irgendwo angelehnt oder trippelte auf Zehenspitzen zu einem entfernten Aschenbecher, den er einem sacht auf die beleibte Lehne des Sessels stellte.

Ich bin der Meinung, daß er – künstlerisch gesehen – seine Belanglosigkeit zu stark hervorhob und sich damit unwillkürlich ein lakaienhaftes Air gab – was heute allerdings überaus passend erscheint; er jedoch versuchte, sein Dasein auf das Kontrastprinzip aufzubauen, und es verursachte ihm ein prickelndes Vergnügen, aus gewissen lieblichen Anzeichen – einem gesenkten Kopf, einer Verdrehung der Augen – mit Sicherheit schließen zu dürfen, daß Soundso am anderen Ende des Zimmers die Aufmerksamkeit eines Neuankömmlings auf den faszinierenden Umstand lenkte, daß ein so wenig markanter, ein so bescheidener Mann in einem legendären Krieg der Heros unglaublicher Großtaten gewesen war (der Mann, der eigenhändig Städte eroberte, und ähnliches mehr).

3

Deutsche Filmgesellschaften, die in jenen Tagen (kurz bevor das Kind des Lichts das Sprechen lernte) wie Giftpilze aus dem Boden schossen, fanden in jenen russischen Emigranten billige Arbeitskräfte, deren einzige Hoffnung und einziger Beruf ihre Vergangenheit war – also in einem Kreis ganz und gar unwirklicher Leute – und die in den Filmen «wirkliches» Publikum vorstellen sollten. Diese Kombination von zwei Scheinwelten erweckte bei sensiblen Menschen den Eindruck, in einem Spiegelkabinett oder vielmehr in einem Spiegelgefängnis zu sein und nicht einmal zu wissen, was Glas war und was man selber.

Und wirklich, wenn ich mir die Säle in Erinnerung rufe, wo die Slavska sang, in Berlin wie in Paris, und den Menschenschlag, den man dort zu sehen bekam, habe ich das Gefühl, als versähe ich einen uralten Film mit Technicolor und Ton, einen Film, in dem das Leben ein graues Gezitter, Beerdigungen eine Hetze und nur das Meer koloriert waren (ein kränkliches Blau), während ein Handapparat hinter der Bühne das Rauschen einer asynchronen Brandung nachmachte. Eine gewisse fragwürdige Figur, der Schrecken der Hilfsorganisationen, ein kahlköpfiger Mann mit den Augen eines Wahnsinnigen, schwebt mit wie zum Sitzen angezogenen Beinen, einem ältlichen Fetus ähnlich, langsam durch mein Blickfeld und paßt wunderbar genau auf einen Sitz in einer der hinteren Reihen. Auch unser Freund, der Graf, ist da, komplett mit hohem Kragen und schmuddeligen Schuhgamaschen. Ein ehrwürdiger, aber weltlicher Priester, dem sich das Kreuz sacht auf der breiten Brust hebt und senkt, sitzt in der ersten Reihe und starrt geradeaus.

Die einzelnen Programmnummern jener Festlichkeiten der Rechten, die der Name der Slavska in meiner Erinnerung heraufruft, hatten die gleiche unwirkliche Beschaffenheit wie ihr Publikum. Ein Varietékünstler mit einem falschen slawischen Namen, einer jener Gitarrenvirtuosen, die als billige erste Attraktion in Varietéprogrammen auftreten, war hier überaus willkommen; und die knalligen Verzierungen auf seinem glasbedeckten Instrument, seine himmelblauen Seidenhosen vertrugen sich gut mit dem Rest der Veranstaltung. Darauf nahm irgendein bärtiger alter Halunke in einem schäbigen Cutaway das Wort, ein ehemaliges Mitglied der Rußland-über-alles-Bewegung, und malte lebhaft aus, was Juden und Freimaurer dem russischen Volk Schlimmes antäten.

Und jetzt, meine Damen und Herren, haben wir das große Vergnügen und die Ehre... Da stand sie, vor einem fürchterlichen Hintergrund aus Palmen und Nationalflaggen, befeuchtete mit blasser Zunge die dick geschminkten Lippen und verschränkte ihre in Glacéhandschuhen steckenden Hände gemächlich über ihrem eingeschnürten Leib, dieweil ihr ständiger Begleiter, der marmorgesichtige Joseph Lewinsky, der ihr, im Schatten ihres Gesangs, in den privaten Konzertsaal des Zaren, in des Genossen Lunatscharskijs Salon und in schäbige Lokale Konstantinopels gefolgt war, seine kurze einleitende Folge von Trippeltönen anschlug.

Manchmal, wenn das Haus von der rechten Art war,

pflegte sie die Nationalhymne zu singen, bevor sie ihr begrenztes, aber immer willkommenes Repertoire vom Stapel ließ. Unweigerlich gab es jene *Alte Straße nach Kaluga* (mit einer vom Blitz getroffenen Fichte bei Verst 49), sowie das Lied, das in der unter dem russischen Text gedruckten deutschen Übersetzung anhebt: «Du bist im Schnee begraben, mein Rußland», und jene uralte Volksballade (in den achtziger Jahren von irgendeinem Individuum verfaßt), welche von einem Räuberhauptmann und seiner liebreizenden persischen Prinzessin handelt, die er in die Wolga warf, als seine Leute ihn der Verweichlichung ziehen.

Ihr künstlerischer Geschmack war gleich null, ihre Technik reiner Zufall, ihr allgemeiner Stil ein Graus; doch jene Leute, für die Musik und Gefühl eins sind oder die Lieder als Vehikel jener Stimmungen betrachten, unter denen sie in individueller Vergangenheit zum ersten Mal gehört wurden, fanden in der gewaltigen Klangfülle ihrer Stimme wehmütigen Trost wie vaterländische Ermutigung. Für besonders eindrucksvoll hielt man sie, sobald in ihrer Stimme ein Anflug verwegener Wildheit mitschwang. Wäre diese Entfesselung weniger offenkundig vorgetäuscht gewesen, so hätte sie sie immer noch vor völliger Vulgarität bewahren können. Das kleine, harte Ding, das ihre Seele war, ragte aus ihrem Gesang hervor, und das Äußerste, was ihr Temperament hergab, war nur ein kleiner Strudel, kein freier Sturzbach. Wenn heute in einem russischen Haushalt das Grammophon angestellt wird und ich ihren konservierten Alt höre, so erinnere ich mich mit einer Art von Schauder an ihre täuschende Nachahmung eines gesanglichen Höhepunkts: die Anatomie ihres Mundes war in einem letzten leidenschaftlichen Schrei in Gänze bloßgelegt, ihr blauschwarzes Haar wunderbar gewellt, die gekreuzten Hände waren auf die bebänderte Medaille an ihrem Busen gepreßt, während sie die Beifallsorgie entgegennahm, und ihr breiter dunkler Körper blieb steif, selbst als sie sich verneigte, denn er war in dicken, silbrigen Satin gestopft, der ihr das Aussehen einer Schneematrone oder einer Ehrennixe verlieh.

4

Als nächstes sieht man sie (falls der Zensor das folgende nicht für eine Verletzung religiösen Empfindens hält) im honigfarbenen Dunst einer vollen russischen Kirche knien und aus Herzensgrund an der Seite der Frau oder Witwe (sie wußte genau, was) des Generals schluchzen, dessen Entführung von ihrem Mann so schön eingefädelt und von jenen großen, tüchtigen, anonymen Männern, die der Chef nach Paris entsandt hatte, so geschickt bewerkstelligt worden war.

Man erblickt sie auch noch an einem anderen Tag zwei oder drei Jahre später, während sie in einem gewissen Appartement in der rue George Sand singt, von bewundernden Freunden umgeben – und sieh da, ihre Augen verengen sich leicht, ihr Gesangslächeln schwindet, als ihr Gatte, den die abschließenden Einzelheiten des bevorstehenden Geschäfts aufgehalten hatten, jetzt still hereingeschlüpft kommt und mit sanfter Handbewegung den Versuch eines grauhaarigen Obersten zurückweist, ihm seinen Platz anzubieten; durch den bewußtlosen Fluß eines zum zehntausendsten Male vorgetragenen Liedes späht sie zu ihm hinüber (wie Anna Karenin ist sie etwas kurzsichtig), um irgendein bestimmtes Zeichen wahrzunehmen, und während sie ertrinkt und die buntbemalten Boote davongleiten und sich die letzte, bedeutungsvolle, kreisförmige Welle auf der Wolga, Bezirk Samara, in trübe Ewigkeit auflöst (denn dies ist das allerletzte Lied, das sie je singen wird), tritt ihr Mann an sie heran und sagt in einer Stimme, die kein Beifallsklatschen menschlicher Hände zu übertönen vermag: «Mascha, morgen wird der Baum gefällt!»

Diese Kleinigkeit mit dem Baum war der einzige dramatische Luxus, den sich Golubkow während seiner ganzen taubengrauen Karriere erlaubte. Wir werden ihm den Ausbruch nachsehen, wenn wir uns erinnern, daß dies der letzte General war, der ihm im Weg stand, und daß die Ereignisse des nächsten Tages automatisch zu seiner Wahl führen mußten. Über den lustigen kleinen Streit, den jene beiden großen Kinder miteinander hatten, war unter ihren Freunden letztens ein bißchen gescherzt worden (denn der russische Humor ist ein kleines Vögelchen, das sich mit einem Krümchen begnügt): Sie hatte mißmutig verlangt, daß die riesige alte Pappel, die das Atelierfenster in ihrem Sommerhaus am Stadtrand verdunkelte, entfernt würde, und er hatte dem entgegengehalten, der stämmige alte Bursche sei doch ihr grünster Bewunderer (ein zwerchfellerschütternder Witz das) und verdiene darob Schonung. Man beachte auch die gutmütige Schelmerei der fetten Dame im Hermelincape, die den galanten General dafür schilt, so schnell nachgegeben zu haben, und das strahlende Lächeln sowie die ausgestreckten gallertkalten Arme der Slavska.

Am späten Nachmittag des darauffolgenden Tages begleitete General Golubkow seine Frau zu ihrer Schneiderin, blieb eine Weile dort, las im *Paris-Soir* und wurde dann zurückgeschickt, um eins der Kleider zu holen, die sie weiten lassen wollte und zu Hause vergessen hatte. In angemessenen Abständen gab sie einigermaßen glaubwürdig vor, nach Hause zu telephonieren und ihm wortreiche Hinweise für seine Suche zu geben. Die Schneiderin, eine armenische Dame, und eine Näherin, die kleine Prinzessin Tumanow, amüsierten sich im Nebenzimmer weidlich über die Vielfalt ihrer rustikalen Schimpfworte (die ihr halfen, in ihrer Rolle nicht nachzulassen, welche ihre Phantasie alleine nicht zu improvisieren vermochte). Dieses fadenscheinige Alibi war nicht dazu bestimmt, das Präteritum zurechtzuflicken, falls irgend etwas schiefgehen sollte – denn schiefgehen konnte nichts; es sollte lediglich einen Mann, den zu verdächtigen niemandem im Traum einfallen würde, mit einem Routinebericht von seinem Tun und Lassen versehen, wenn die Leute wissen wollten, wer General Fedtschenko zuletzt gesehen hätte. Nachdem genügend imaginäre Kleiderschränke durchwühlt waren, sah man Golubkow mit dem Kleid zurückkehren (das er natürlich lange vorher in dem Wagen verstaut hatte). Er fuhr fort, die Zeitung zu lesen, während seine Frau weiter Sachen anprobierte.

5

Die etwa fünfunddreißig Minuten seiner Abwesenheit erwiesen sich als ein durchaus genügender Zeitraum. Als sie ihre Spielereien mit dem toten Telephon begann, hatte er den General bereits an einer menschenleeren Ecke einsteigen lassen und fuhr ihn einer vermeintlichen Verabredung entgegen, deren Umstände im voraus so ausgedacht waren, daß ihre Geheimhaltung selbstverständlich und Anwesenheit eine Pflicht waren. Ein paar Minuten später hielt er, und beide stiegen aus. «Das ist nicht die richtige Straße», sagte General Fedtschenko. «Nein», sagte General Golubkow, «aber hier kann ich mein Auto besser parken. Ich möchte es nicht gerne genau vor dem Café abstellen. Wir gehen durch diese Gasse, so schneiden wir ein Stück ab. Zu Fuß ist es zwei Minuten von hier.» – «Gut, dann gehen wir zu Fuß», sagte der alte Mann und räusperte sich.

In jenem Pariser Viertel heißen die Straßen nach verschiedenen Philosophen, und die Gasse, durch die sie gingen, war von einem belesenen Stadtvater rue Pierre Labime getauft worden. Sie führte einen sacht an einer dunklen Kirche und etlichen Baugerüsten vorbei in eine Gegend, wo einzelne Privathäuser mit verschlossenen Fensterläden in einiger Entfernung voneinander auf eigenem Grund und Boden standen, hinter eisernen Zäunen, auf denen todgeweihte Ahornblätter während ihres Flugs vom kahlen Zweig zum nassen Straßenpflaster auszuruhen pflegten. Auf der linken Seite der Gasse war eine lange Mauer, aus deren rauhem Grau hier und dort ein Kreuzworträtsel aus Ziegeln hervorsah; und in dieser Mauer befand sich an einer Stelle eine kleine grüne Tür.

Als sie sich ihr näherten, holte General Golubkow sein Zigarettenetui mit den Schlachtennarben hervor und blieb stehen, um sich eine Zigarette anzuzünden. Auch General Fedtschenko, ein höflicher Nichtraucher, blieb stehen. Ein böiger Wind zauste die Abenddämmerung, und das Streichholz ging aus. «Ich denke noch immer...», sagte General Fedtschenko in bezug auf irgendeine nebensächliche Angelegenheit, über die sie kürzlich miteinander gesprochen hatten, «ich denke noch immer», sagte er (nur um irgend etwas zu sagen, während er da neben der kleinen grünen Tür stand), «wenn Vater Fjodor unbedingt die ganzen Wohnungen aus seinem eigenen Fonds bezahlen will, dann könnten wir ihm wenigstens das Heizmaterial liefern.» Auch das zweite Streichholz ging aus. Der Rücken eines Passanten, der sich undeutlich immer weiter entfernte, verschwand endlich. General Golubkow schimpfte so laut er konnte auf den Wind, und da dies das Entwarnungszeichen war, öffnete sich die grüne Tür, und unglaublich geschwind und behende entzogen drei Paar Arme den alten Herrn den Blicken. Die Tür schlug zu. General Golubkow zündete sich die Zigarette an und ging eiligen Schritts den Weg zurück, den er gekommen war.

Der alte Herr wurde nie mehr gesehen. Die ruhigen Ausländer, die ein gewisses ruhiges Haus einen ruhigen Monat lang gemietet hatten, waren unschuldige Holländer oder Dänen gewesen. Es war lediglich ein optischer Trick. Eine grüne Tür gibt es nicht, sondern nur eine graue, die keine Menschenkraft aufsprengt. Umsonst habe ich in hervorragenden Enzyklopädien nachgesehen: Es hat nie einen Philosophen Pierre Labime gegeben.

Doch die Kröte in ihren Augen, die habe ich gesehen. Es gibt ein russisches Sprichwort: *«Wsewo dwoje i est; smert da sowest»* – übersetzt etwa: «Zweierlei nur existiert wirklich – der Tod und das Gewissen.» Das Angenehme an der Menschheit ist, daß man zwar zuweilen nicht wissen mag, ob man recht tut – aber daß man unrecht tut, das merkt man immer. Ein entsetzlicher Übeltäter, dessen Frau noch schlimmer war, erzählte mir in den Tagen, als ich Priester war, daß ihn die ganze Zeit über eine innere Scham beunruhigt habe, von einer noch tieferen Scham zurückgehalten zu werden, mit ihr über dieses Rätsel zu sprechen: ob sie ihn vielleicht im Grunde ihres Herzens verachtete oder sich insgeheim fragte, ob er sie im Grunde seines Herzens verachte. Und darum weiß ich ganz genau, was für Gesichter General Golubkow und seine Frau machten, als die beiden endlich miteinander allein waren.

6

Lange allerdings waren sie es nicht. Etwa um zehn Uhr abends erfuhr General L., der Sekretär des W. B., von General R., daß Frau Fedtschenko sich wegen der unerklärlichen Abwesenheit ihres Gatten größte Sorgen mache. Erst dann fiel es General L. ein, daß ihm der Präsident mittags ziemlich beiläufig (aber das war die Art des alten Herrn) gesagt hatte, er habe am späten Nachmittag in der Stadt zu tun; sollte er bis acht Uhr abends nicht zurück sein, so möge General L. doch bitte einen Zettel lesen, den er im mittleren Schubfach seines Schreibtisches hinterlasse. Die beiden Generale stürzten zum Büro, blieben stehen, stürzten zurück, um die Schlüssel zu holen, die General L. vergessen hatte, stürzten wieder los und fanden schließlich die Nachricht. Sie lautete: «Mich bedrückt ein seltsames Gefühl, dessen ich mich später vielleicht schämen mag. Um fünf Uhr dreißig bin ich in einem Café rue Descartes 45 verabredet. Ich soll mit einem Agenten der anderen Seite zusammentreffen. Ich vermute eine Falle. Das Ganze ist von General Golubkow arrangiert worden, der mich in seinem Wagen hinfährt.»

Wir wollen übergehen, was General L. sagte und was General R. erwiderte – doch offenbar waren sie langsam von Begriff und verloren noch mehr Zeit durch ein wirres Telephongespräch mit einem empörten Cafébesitzer. Es war fast Mitternacht, als die Slavska, in einen blumigen Morgenrock gehüllt und bemüht, sehr verschlafen auszusehen, sie einließ. Ihren Gatten zu wecken, der, wie sie sagte, bereits der Nachtruhe pflege, war sie nicht willens. Sie wünschte zu wissen, was eigentlich los sei und ob vielleicht General Fedtschenko etwas zugestoßen wäre. «Er ist verschwunden», sagte der ehrliche General L. Die Slavska sagte «Ach!» und brach ohnmächtig zusammen, wobei sie fast die Wohnzimmereinrichtung in Mitleidenschaft gezogen hätte. Das Theater hatte an ihr nicht gar soviel verloren, wie die meisten ihrer Bewunderer meinten.

Irgendwie gelang es den beiden Generalen, General Golubkow nichts von dem kleinen Zettel zu verraten, so daß er, als er sie ins Hauptquartier des W. B. begleitete, des Glaubens war, sie wollten mit ihm in Wirklichkeit besprechen, ob man sofort die Polizei benachrichtigen oder zunächst den achtundachtzigjährigen Admiral Gromobojew um Rat fragen solle, der aus irgendeinem unbegreiflichen Grund als Salomon des W. B. galt.

«Was hat das zu bedeuten?» fragte General L. und reichte Golubkow den verhängnisvollen Zettel. «Bitte lesen Sie.»

Golubkow las – und wußte sofort, daß alles verloren war. Wir werden uns nicht über den Abgrund seiner Gefühle beugen. Er gab den Zettel zurück und zuckte die schmalen Achseln.

«Wenn das tatsächlich der General geschrieben hat», sagte er, «und ich muß zugeben, es sieht ganz wie seine Handschrift aus, dann kann ich nur sagen, daß jemand sich für mich ausgegeben haben muß. Aber ich habe Gründe zu der Annahme, daß Admiral Gromobojew in der Lage sein wird, mich zu entlasten. Ich schlage vor, wir gehen gleich hin.»

«Ja», sagte General L., «es ist besser, wir gehen, obwohl es schon sehr spät ist.»

General Golubkow schlüpfte eilig in seinen Regenmantel und ging als erster hinaus. General R. half General L., seinen Schal wiederzufinden. Er war halb von einem jener Korridorstühle herabgeglitten, die dazu verdammt sind, immer nur Gegenstände aufzunehmen und niemals Menschen. General L. seufzte und setzte seinen alten Filzhut auf, eine sanfte Bewegung, zu der er beide Hände gebrauchte. Er ging auf die Tür zu. «Einen Augenblick, General», sagte General R. leise. «Ich möchte Sie etwas fragen. Unter Offizieren: Sind Sie völlig sicher, daß... nun, daß General Golubkow die Wahrheit sagt?»

«Genau das werden wir herausbekommen», antwortete General L., der zu jenen Menschen gehörte, welche der Meinung sind, daß ein Satz, solange er nur ein Satz ist, auch irgend etwas bedeuten wird.

In der Tür berührten sie zuvorkommend einer des anderen Ellbogen. Endlich nahm der etwas ältere die Vergünstigung in Anspruch und schritt forsch hinaus. Dann verhielten sie beide auf dem Treppenabsatz, denn das Treppenhaus kam ihnen sehr still vor. «General!» rief General L. nach unten. Dann blickten sie einander an. Dann stapften sie eilig und schwerfällig die häßliche Treppe hinab, traten ins Freie, blieben unter einem schwarzen Nieselregen stehen, blickten hierhin und dorthin, und dann sahen sie sich wieder an.

Sie wurde früh am nächsten Morgen verhaftet. Während der Untersuchung gab sie ihre Haltung kummerbeladener Unschuld kein einziges Mal auf. Die französische Polizei legte in ihrer Behandlung möglicher Indizien eine sonderbare Lustlosigkeit an den Tag, als nähme sie an, daß das Verschwinden russischer Generale eine Art wunderlicher ortsüblicher Sitte war, ein orientalisches Phänomen, ein Auflösungsprozeß, der möglicherweise nicht vorkommen sollte, aber nicht zu verhindern war. Allerdings hatte man den Eindruck, daß die *Sûreté* mehr von diesem Zauberkunststück wußte, als diplomatische Weisheit zuzugeben bereit war. Ausländische Zeitungen behandelten die ganze Sache gutmütig, aber nicht ganz ernsthaft und leicht gelangweilt. Im ganzen machte die «Slavska-Affaire» keine großen Schlagzeilen – russische Emigranten standen ganz entschieden nicht im Brennpunkt. Ein erheiternder Zufall wollte, daß sowohl eine deutsche wie eine sowjetische Presseagentur lakonisch meldeten, ein Paar weißer russischer Generale habe sich in Paris mit der Kasse der Weißen Armee aus dem Staub gemacht.

7

Der Prozeß war seltsam ergebnislos und wirr, es glänzten keine Zeugen, und daß die Slavska am Ende wegen Menschenraubs verurteilt wurde, war ein juristisch anfechtbarer Spruch. Immer wieder verdunkelten belanglose Kleinigkeiten die Hauptfrage. Die falschen Leute erinnerten sich an die richtigen Dinge und umgekehrt. Es gab eine Rechnung, unterschrieben von einem gewissen Gaston Coulot, Bauer, *«pour un arbre abattu»*. General L. und General R. hatten von einem sadistischen Anwalt Schlimmes auszustehen. Ein Pariser *clochard*, eins jener pittoresken, rotnasigen, unrasierten Wesen (eine leichte Rolle dies), die all ihr irdisch Hab und Gut in ihren geräumigen Taschen tragen, die ihre Füße in Lagen reißenden Zeitungspapiers wickeln, wenn die letzte Socke aufgetragen ist, und die man mit weitgespreizten Beinen und einer Flasche Wein gemütlich an der verfallenden Mauer eines niemals fertiggestellten Neubaus lehnen sehen kann, hatte einen abenteuerlichen Bericht zu bieten: Von einer bestimmten Warte aus hätte er mitangesehen, wie man einen alten Mann grob anpackte. Zwei Russinnen, von denen die eine einige Zeit vorher wegen akuter Hysterie behandelt worden war, sagten aus, sie hätten am Tag des Verbrechens General Golubkow und General Fedtschenko in des ersteren Wagen vorbeifahren gesehen. Ein russischer Violonist hatte im Speisewagen eines deutschen Zuges... – doch es ist zwecklos, alle diese lahmen Gerüchte nachzuerzählen.

Wir bekommen die Slavska noch einige letzte Male im Gefängnis zu sehen. Bescheiden sitzt sie in einer Ecke und strickt. Schreibt tränenverwischte Briefe an Frau Fedtschenko, in denen sie ihr mitteilt, daß sie nunmehr schwesterlich verbunden seien, seien doch ihre beiden Gatten von den Sowjets entführt worden. Bittet darum, einen Lippenstift benutzen zu dürfen. Betet und schluchzt in den Armen einer bleichen russischen Nonne, die gekommen ist, ihr von einer Vision zu erzählen, in der ihr die Unschuld General Golubkows offenbart worden sei. Verlangt energisch das Neue Testament, das die Polizei ihr vorenthält – oder vielmehr hauptsächlich den Experten vorenthält, die so schön begonnen hatten, gewisse an den Rand des Johannes-Evangeliums gekritzelte Aufzeichnungen zu entziffern. Einige Zeit nach Ausbruch des Zweiten Weltkriegs zog sie sich ein obskures inneres Leiden zu, und als eines Sommermorgens drei deutsche Offiziere ins Gefängnislazarett kamen und sie auf der Stelle zu sehen verlangten, sagte man ihnen, sie sei tot – was möglicherweise die Wahrheit war.

«. . . *daß in Aleppo einst* . . .»

Lieber V. – Dieser Brief soll Dich unter anderem wissen lassen, daß ich endlich hier bin, in dem Land, wohin so viele Sonnenuntergänge führten. Einer der ersten Menschen, denen ich begegnete, war unser guter alter Gleb Alexandrowitsch Gekko, der finster die Columbus Avenue überquerte, auf der Suche nach dem *petit café du coin*, in das keiner von uns dreien je wieder den Fuß setzen wird. Er schien der Meinung, daß Du dabei seist, auf die eine oder andere Weise Verrat an unserer Nationalliteratur zu begehen, und als er mir Deine Adresse gab, schüttelte er sein graues Haupt so mißbilligend, als hättest Du das Vergnügen nicht verdient, von mir zu hören.

Ich habe eine Geschichte für Dich. Was mich an die Zeiten erinnert – oder daß ich es so ausdrücke, erinnert mich vielmehr daran –, als wir unsere ersten euterwarmen schäumenden Verse schrieben und alles, eine Rose, eine Pfütze, ein erleuchtetes Fenster, uns zurief: «Ich bin ein Reim!» Doch, es ist dies ein höchst brauchbares Universum. Wir spielen, wir sterben: *ig-reim*, *umi-reim*. Und die klangvollen Seelen russischer Verben verleihen sowohl der wilden Gestik der Bäume Bedeutung wie einer weggeworfenen Zeitung, die mit erfolglosem Flattern und flügellosen Rucken eine endlose windige Kaimauer entlanggleitet, liegenbleibt und dann weiterschleift. Im Augenblick jedoch bin ich kein Dichter. Ich komme wie jene überschwengliche Dame bei Tschechow zu Dir, die sich so furchtbar gerne beschrieben sehen wollte.

Ich heiratete, warte, etwa einen Monat nachdem Du Frankreich verlassen hattest und ein paar Wochen bevor diese huldreichen Deutschen tobend in Paris einfielen. Obschon ich urkundliche Zeugnisse meiner Eheschließung vorweisen kann, bin ich heute sicher, daß meine Frau nie existiert hat. Möglich, daß Du ihren Namen aus anderer Quelle weißt, aber das ist gleichgültig. Es ist der Name einer Sinnestäuschung. Darum kann ich von ihr mit ebensoviel Abstand sprechen wie von der Figur einer Erzählung (einer Deiner Erzählungen, genau gesagt).

Es war Liebe nicht so sehr auf den ersten Blick wie auf die erste Berührung, denn ich war ihr vorher schon mehrere Male begegnet, ohne daß ich dabei irgendwelche besonderen Gefühle empfunden hätte; aber als ich sie eines Abends nach Hause begleitete, veranlaßte mich eine eigentümliche Bemerkung ihrerseits, mich hinabzubeugen und leicht ihr Haar zu küssen – und wir alle wissen ja von jener blendenden Explosion, die dadurch ausgelöst wird, daß man eine kleine Puppe vom Fußboden eines sorgsam verlassenen Hauses aufhebt: Der betreffende Soldat hört nichts; für ihn ist es nur eine ekstatische, geräusch- und grenzenlose Ausdehnung dessen, was zeit seines Lebens eine stecknadelkopfgroße Helligkeit im Zentrum seines Wesens gewesen war. Und wirklich, wenn wir an den Tod in himmlischen Kategorien denken, so darum, weil das sichtbare Firmament besonders zur Nachtzeit (über unserem verdunkelten Paris mit den düsteren Bögen seines Exelmans-Boulevards und dem unablässigen alpinen Rauschen seiner verödeten Latrinen) das angemessenste und immerdar vorhandene Symbol dieser ungeheuren geräuschlosen Explosion darstellt.

Aber ich vermag sie nicht genau zu erkennen. Sie bleibt so nebelhaft wie mein bestes Gedicht – jenes, das Du in den *Literaturnyje Sapiski* so grausig verspottet hast. Wenn ich sie mir vorstellen will, habe ich mich im Geist an ein winziges Muttermal auf ihrem flaumigen Unterarm zu halten, wie man sich in einem unleserlichen Satz auf die Satzzeichen konzentriert. Hätte sie stärker und regelmäßiger Make-up benutzt, ich könnte mir heute ihr Gesicht möglicherweise vorstellen oder zumindest die zarten Querfurchen auf trockenen, heißen, geschminkten Lippen; aber es will und will mir nicht gelingen – obwohl ich im Blindekuhspiel meiner Sinne von Zeit zu Zeit immer noch ihre flüchtige Berührung spüre, in jenem wehmütigen Traum, in dem wir uns durch einen herzzerreißenden Nebel hindurch unbeholfen aneinanderklammern und ich wegen des leeren Glanzes quellender Tränen, die ihre Iris überfluten, die Farbe ihrer Augen nicht erkennen kann.

Sie war viel jünger als ich – nicht soviel jünger wie Natalie mit ihren reizenden bloßen Schultern und langen Ohrringen im Verhältnis zum dunkelhäutigen Puschkin; dennoch war genügend Spielraum da für jenen retrospektiven Romantizismus, der sich darin gefällt, dem Schicksal eines unvergleichlichen Genies nachzustreben (eingeschlossen die Eifersucht, den Schmutz, den stechenden Schmerz, den es verursacht, ihre mandelförmigen Augen hinter dem Fächer aus Pfauenfedern zu ihrem blonden Cassio schweifen zu sehen), selbst wenn man seine Verse nicht nachzuahmen vermag. Meine allerdings gefielen ihr, und sie hätte kaum gegähnt wie jene andere, sobald ein Gedicht ihres Mannes länger war als ein Sonett. Wenn sie für mich ein Phantom blieb, so mag auch ich für sie eines gewesen sein: Ich vermute, daß es ihr lediglich die Dunkelheit meiner Gedichte angetan hatte; und daß sie dann ein Loch in deren Schleier riß und das reizlose Gesicht eines Fremden erblickte.

Wie Du weißt, trug ich mich seit einiger Zeit schon mit dem Plan, dem Beispiel Deiner glücklichen Flucht zu folgen. Sie beschrieb mir einen ihrer Onkel, der, wie sie sagte, in New York lebte: Er hatte an einem College in den Südstaaten Reitunterricht gegeben und schließlich eine reiche Amerikanerin geheiratet; sie hatten eine kleine, taubgeborene Tochter. Sie sagte, daß ihr seine Adresse vor langem abhanden gekommen sei, aber ein paar Tage später fand sie sich wie durch ein Wunder wieder, und wir verfaßten einen dramatischen Brief, auf den wir nie eine Antwort erhielten. Das machte nichts, denn inzwischen hatte ich bereits eine tadellose Bürgschaftserklärung von Professor Lomchenko in Chicago erhalten; aber als die deutsche Invasion begann, war sonst noch wenig unternommen worden, die nötigen Papiere zu beschaffen, während ich doch voraussah, daß, falls wir in Paris blieben, irgendein hilfsbereiter Landsmann von mir die interessierte Seite früher oder später auf etliche Stellen in einem meiner Bücher aufmerksam machen würde, in denen ich zu beweisen suchte, daß Deutschland allen seinen finsteren Sünden zum Trotz in den Augen der Welt für alle Zeiten ein Gegenstand des Gelächters bleiben werde.

So begannen wir unsere unglückseligen Flitterwochen. Zerdrückt und geschüttelt inmitten des apokalyptischen Exodus, warteten wir auf unfahrplanmäßige Züge zu unbekannten Zielbahnhöfen, gingen wir durch die ausgedienten Kulissen abstrakter Städte, lebten wir in dem ständigen Zwielicht körperlicher Erschöpfung – solches war unsere Flucht; und je weiter sie uns führte, desto klarer wurde es, daß uns mehr als ein Schwachkopf mit Stiefeln und Koppelschloß und seiner Kollektion verschieden angetriebenen militärischen Trödelkrams vor sich her jagte – etwas, wofür er nur das Symbol war, etwas Ungeheuerliches und Unfaßbares, eine zeit- und gesichtslose Masse unvordenklichen Grauens, das selbst hier, im grünen Vakuum des Central Park, immer noch von hinten auf mich zukommt.

Doch, sie ertrug das alles beherzt genug – mit einer Art benommener Heiterkeit. Einmal jedoch begann sie in einem mitfühlenden Eisenbahnwaggon plötzlich zu schluchzen. «Der Hund», sagte sie, «der Hund, den wir zurückgelassen haben. Ich kann den armen Hund nicht vergessen.» Die Aufrichtigkeit ihres Kummers verblüffte mich, denn wir hatten niemals einen Hund gehabt. «Ich weiß», sagte sie, «aber ich habe mir vorzustellen versucht, wir hätten diesen Setter tatsächlich gekauft. Und denke nur, jetzt würde er hinter verschlossener Tür winseln.» Es war niemals davon die Rede gewesen, einen Setter zu kaufen.

Ebensowenig möchte ich ein gewisses Stück Landstraße und den Anblick einer Flüchtlingsfamilie (zwei Frauen, ein Kind) vergessen, deren alter Vater oder Großvater unterwegs gestorben war. Der Himmel war ein Chaos schwarzer und fleischfarbener Wolken, die Sonne brach häßlich hinter einem verkappten Berg hervor, und der Tote lag auf dem Rücken unter einer staubigen Platane. Mit den Händen und einem Stock hatten die Frauen am Straßenrand ein Grab auszuheben versucht, aber die Erde war zu hart; sie hatten es aufgegeben und saßen jetzt Seite an Seite zwischen den anämischen Mohnblumen, in einiger Entfernung von der Leiche mit ihrem aufgerichteten Bart. Der kleine Junge jedoch kratzte und scharrte und mühte sich immer noch, bis er einen flachen Stein umwälzte und den Zweck seiner ernsthaften Anstrengungen vergaß – er hockte da, sein schmaler, beredter Hals wies dem Scharfrichter alle Wirbel, und überrascht und voller Freude beobachtete er Tausende winziger brauner Ameisen, die aufgeregt im Zickzack hin und her und auf und davon liefen, hin zu sicheren Orten im Gard, im Aude, in der Drôme, im Var und in den Basses-Pyrénées – wir beide machten erst in Pau halt.

Spanien erwies sich als zu schwierig, und wir beschlossen, nach Nizza weiterzufahren. In einem Ort namens Faugères (ein zehnminütiger Aufenthalt) zwängte ich mich aus dem Zug, um etwas zu essen zu kaufen. Als ich ein paar Minuten später zurückkam, war der Zug weg, und der wirre Alte, der schuld war an der haarsträubenden Leere vor mir (Kohlenstaub, der zwischen bloßen, gleichgültigen Schienen in der Hitze glitzerte, und ein einsames Stückchen Apfelsinenschale), teilte mir schroff mit, daß ich überhaupt nicht hätte aussteigen dürfen.

In einer besseren Welt hätte ich meine Frau ausfindig machen lassen und ihr Instruktionen geben können (ich hatte beide Fahrkarten und den größten Teil des Geldes); wie die Dinge lagen, erwies sich jedoch mein alptraumhafter Kampf mit dem Telephon als vergeblich, so daß ich es aufgab, mich von einer ganzen Reihe diminutiver Stimmen aus der Ferne anblaffen zu lassen, ein paar Telegramme abschickte, die wahrscheinlich immer noch unterwegs sind, und am späten Abend den nächsten Personenzug nach Montpellier nahm – weiter würde ihr Bummelzug nicht kommen. Da ich sie dort nicht fand, hatte ich die Wahl zwischen zwei Möglichkeiten: weiterzufahren, weil sie den Zug nach Marseille genommen haben konnte, den ich um ein Haar verpaßt hatte, oder zurückzufahren, weil sie möglicherweise nach Faugères zurückgekehrt war. Ich habe vergessen, welches Knäuel von Überlegungen mich nach Marseille und Nizza führte.

Die Polizei, die nichts weiter unternahm, als falsche Angaben an ein paar unwahrscheinliche Orte weiterzuleiten, war keine Hilfe: Ein Polizist brüllte, ich gehe ihm auf die Nerven; ein zweiter lenkte von der Frage ab, indem er die Echtheit meiner Heiratsurkunde in Zweifel zog, weil sie, wie er behauptete, auf der falschen Seite gestempelt wäre; ein dritter, ein dicker *commissaire* mit feuchten braunen Augen, gestand, daß er in seiner

Freizeit Gedichte schreibe. Ich suchte verschiedene Bekannte unter den zahlreichen Russen auf, die in Nizza wohnten oder hier gestrandet waren. Ich hörte jene, die jüdisches Blut hatten, von ihren todgeweihten Angehörigen sprechen, gepfercht in Züge, deren Bestimmungsort die Hölle war; und meine eigene Misere nahm sich vergleichsweise alltäglich und irreal aus, wenn ich in einem überfüllten Café saß, die milchige blaue See vor mir und im Rücken ein Gemurmel wie aus dem Innern einer Muschel, das immer aufs neue von Massenmord und Elend erzählte, von dem grauen Paradies jenseits des Ozeans und den Eigenheiten und Launen herzloser Konsuln.

Eine Woche nach meiner Ankunft suchte mich ein träger Geheimpolizist auf und ging mit mir in eine krumme und übelriechende Straße zu einem Haus mit schwarzen Flecken und der Aufschrift «Hotel», die fast ausgelöscht war von dem Schmutz und der Zeit; dort, sagte er, hätte sich meine Frau gefunden. Das Mädchen, mit dem er aufzuwarten hatte, war mir natürlich völlig unbekannt; aber mein Freund Holmes versuchte eine ganze Zeitlang, ihr und mir das Geständnis abzugewinnen, daß wir verheiratet seien, während ihr schweigsamer und muskulöser Bettgenosse, die nackten Arme über seiner gestreiften Brust verschränkt, danebenstand und zuhörte.

Als ich diese Leute endlich los und in mein Viertel zurückgegangen war, kam ich zufällig an einer dichten Menschenschlange vorbei, die vor einem Lebensmittelgeschäft wartete; und da stand auch meine Frau, ganz am Ende, auf Zehenspitzen gereckt, um erkennen zu können, was es eigentlich zu kaufen gab. Ich glaube, als allererstes sagte sie mir, daß es hoffentlich Apfelsinen seien.

Ihre Geschichte kam mir zwar ein bißchen verschwommen, aber völlig trivial vor. Sie war nach Faugères zurückgefahren und gleich zum Kommissariat gegangen, statt auf dem Bahnhof nachzufragen, wo ich eine Nachricht für sie hinterlassen hatte. Eine Gruppe von Flüchtlingen schlug ihr vor, sich ihnen anzuschließen; die Nacht verbrachte sie auf dem Fußboden eines Fahrradladens ohne Fahrräder, zusammen mit drei älteren Frauen, die, wie sie sagte, wie drei Holzklötze hintereinander lagen. Am folgenden Tag wurde ihr klar, daß sie nicht genug Geld hatte für die Fahrt nach Nizza. So borgte sie sich schließlich welches von einer der Klotzfrauen. Jedoch nahm sie den falschen Zug und kam in eine Stadt, an deren Namen sie sich nicht erinnern konnte. In Nizza war sie vor zwei Tagen eingetroffen und hatte in der russischen Kirche ein paar Bekannte gefunden. Sie hatten ihr gesagt, daß ich irgendwo in der Nähe sei, nach ihr forschte und bestimmt bald auftauchen werde.

Etwas später, als ich auf der Kante des einzigen Stuhls in meiner Dachkammer saß und sie an ihren schmalen jungen Hüften hielt (sie kämmte ihr weiches Haar und warf mit jeder Bewegung des Kammes den Kopf zurück), verwandelte sich ihr mattes Lächeln plötzlich in ein seltsames Zittern, und sie legte mir eine Hand auf die Schulter und starrte zu mir herab, als wäre ich eine Spiegelung in einem Teich, deren sie zum ersten Mal gewahr wurde.

«Ich habe dich belogen, Liebling», sagte sie. «*Ja lgunja*. Ich habe eine paar Nächte mit einem Vieh von einem Mann in Montpellier verbracht, den ich in der Eisenbahn kennengelernt hatte. Ich wollte es gar nicht. Er hat mit Haarwasser gehandelt.»

Die Zeit, der Ort, die Marter. Ihr Fächer, Maske, Handschuh. Diese Nacht und viele andere brachte ich damit zu, es aus ihr Stück für Stück herauszubekommen, aber ganz gelang es mir nicht. Ich stand unter dem seltsamen Wahn, daß ich zunächst jede Einzelheit erfahren, jeden Augenblick rekonstruieren müsse, ehe ich entscheiden konnte, ob es zu ertragen war. Doch meine Wißbegier hatte keine erreichbare Grenze, noch konnte ich je voraussagen, an welchem Punkt ungefähr ich mich gesättigt fühlen würde, da natürlich der Nenner jedes Wissensbruchteils potentiell genauso unendlich groß war wie die Zahl der Abstände von Bruchteil zu Bruchteil.

Ach, das erste Mal war sie zu müde gewesen, um etwas dagegen zu haben, und das nächste Mal hatte sie nichts dagegen, weil sie sicher war, daß ich sie verlassen hätte; und offenbar war sie der Meinung, daß dergleichen Erklärungen eine Art Trostpreis für mich wären und nicht der Unfug und die Qual, die sie tatsächlich darstellten. So ging es ewig weiter – hin und wieder brach sie zusammen, raffte sich aber bald wieder auf und flüsterte atemlose Antworten auf meine undruckbaren Fragen oder versuchte sich mit einem jämmerlichen Lächeln in die halbe Sicherheit nebensächlicher Erläuterungen zu entwinden, während ich den wahnwitzigen Backenzahn preßte und preßte, bis mein Kiefer fast zerbarst vor Schmerz, einem brennenden

Schmerz, der mir irgendwie noch lieber war als die dumpfe, brummende Pein demütigen Duldens.

Und Du mußt wissen, daß wir während dieser Untersuchung zwischendurch von widerstrebenden Behörden bestimmte Bescheinigungen zu erhalten suchten, die uns wiederum berechtigen sollten, eine dritte Sorte von Papieren zu beantragen, welche als Sprungbrett zu einer Genehmigung dienen würden, die ihren Inhaber in die Lage versetzte, wiederum andere Papiere zu beantragen, die ihrerseits es ihm vielleicht, vielleicht aber auch nicht, ermöglichten, herauszufinden, wie und warum es passiert war. Denn selbst wenn ich mir die verwünschte, immer wiederkehrende Szene vorstellen konnte, so gelang es mir doch nicht, ihre spitzwinkligen grotesken Schatten mit den matten Gliedmaßen meiner Frau in Verbindung zu bringen, wenn sie unter meinem gewaltsamen Griff zitterte und klapperte und verging.

So blieb nichts anderes übrig, als sich gegenseitig zu foltern, endlose Stunden auf der *préfecture* zu warten, Formulare auszufüllen, sich mit Bekannten zu beraten, die bereits in die innersten Viscera aller Visa eingedrungen waren, Beamte anzuflehen und von neuem Formulare auszufüllen, mit dem Ergebnis, daß sich ihr lüsterner und vielseitiger Handelsreisender auf greuliche Weise mit rattenbärtigen, knurrenden Beamten vermengte, mit schimmelnden Bündeln überholter Akten, dem Geruch violetter Tinte, den Bestechungsgeldern, die unter brandiges Löschpapier geschoben wurden, den fetten Fliegen, die mit ihren schnellen, kalten, gepolsterten Füßen feuchte Hälse kitzelten, den frischen, plumpen, konkaven Photos der sechs untermenschlichen eigenen Doppelgänger, den tragischen Augen und der geduldigen Höflichkeit von Antragstellern, die in Sluzk, Starodub oder Bobruisk geboren waren, den Trichtern und Folterbänken der Heiligen Inquisition, dem schrecklichen Lächeln des Mannes mit der Glatze und der Brille, dem eröffnet worden war, daß sein Paß nicht zu finden sei.

Ich gestehe, daß ich eines Abends nach einem besonders scheußlichen Tag auf eine steinerne Bank niedersank, weinte und eine lächerliche Scheinwelt verfluchte, in der die klammen Hände von Konsularbeamten und *commissaires* mit Millionen von Menschenleben jonglierten. Ich bemerkte, daß auch sie weinte, und da sagte ich ihr, daß alles andere jetzt nicht weiter wichtig wäre, wenn nur sie das eine nicht getan hätte.

«Du wirst mich für verrückt halten», sagte sie mit einer Heftigkeit, die sie für mich einen Augenblick lang fast zu einem richtigen Menschen machte, «aber ich habe es nicht getan – ich schwöre es. Vielleicht führe ich mehrere Leben auf einmal. Vielleicht wollte ich dich prüfen. Vielleicht ist diese Bank ein Traum, und wir sind in Saratow oder auf irgendeinem Stern.»

Es wäre langweilig, umständlich die verschiedenen Phasen darzulegen, die ich durchmachte, bis ich schließlich doch die erste Version ihrer Abwesenheit akzeptierte. Ich sprach nicht mit ihr und war viel allein. Sie flackerte und erlosch und erschien wieder mit irgendeiner Kleinigkeit, von der sie annahm, daß mir daran gelegen sein könnte – einer Handvoll Kirschen, drei kostbaren Zigaretten oder ähnlichem –, und behandelte mich mit der ungebrochenen stummen Zuvorkommenheit einer Krankenschwester, die immer wieder zu einem barschen Patienten kommt. Ich hörte auf, die meisten unserer gemeinsamen Bekannten zu besuchen, da sie jedes Interesse für meine Paßangelegenheiten verloren und anscheinend eine undeutliche Feindseligkeit entwickelt hatten. Ich schrieb mehrere Gedichte. Ich trank so viel Wein, wie ich bekommen konnte. Ich drückte sie eines Tages an meine stöhnende Brust, und wir fuhren für eine Woche nach Caboule und lagen auf den runden rosa Kieseln des schmalen Strandes. Seltsam, je glücklicher sich unser neues Verhältnis ausnahm, um so stärker spürte ich eine Unterströmung stechender Trauer, doch ich sagte mir immer wieder, daß dies ein Merkmal jedes wahren Glückes sei.

Inzwischen hatte sich in dem beweglichen Muster unseres Schicksals etwas geändert, und endlich trat ich mit einem Paar frisch ausgeschlüpfter Ausreisevisa in der zitternden hohlen Hand aus einem dunklen und heißen Büro. In diese wurde prompt und ordnungsgemäß das Serum der Vereinigten Staaten injiziert, und ich jagte nach Marseille und erhielt tatsächlich zwei Schiffstickets für den nächsten Dampfer. Ich kehrte zurück und stieg mit schwerem Schritt die Treppe hinauf. In einem Glas auf dem Tisch erblickte ich eine Rose – das süßliche Rosa ihrer augenfälligen Schönheit, die schmarotzenden Luftbläschen, die sich an ihren Stiel klammerten. Ihre beiden anderen Kleider waren fort, fort war ihr Kamm, fort ihr karierter Mantel und ebenso das blaßlila Haarband mit der blaßlila Schleife, das ihr Hut gewesen war. Kein Zettel war ans Kissen geheftet, nichts im ganzen Zimmer gab mir irgendeine Aufklärung, denn die Rose war natürlich nur, was französische Reimschmiede *une cheville* nennen.

Ich ging zu den Weretennikows, die mir nichts sagen konnten; den Hellmans, die sich weigerten, mir etwas zu sagen; und zu den Elagins, die sich nicht sicher waren, ob sie es mir sagen sollten oder nicht. Schließlich verlangte die alte Dame – und Du weißt, wie Anna Wladimirowna in kritischen Augenblicken ist – ihren Krückstock mit der Gummispitze, hob ihre Masse schwerfällig, aber energisch aus ihrem Lieblingssessel und nahm mich mit in den Garten. Dort teilte sie mir mit, daß sie, doppelt so alt wie ich, das Recht habe, mir zu sagen, daß ich ein Tyrann und ein Grobian sei.

Du mußt Dir die Szene vorstellen: den winzigen Garten mit seinen Kieswegen, der einsamen Zypresse und dem blauen Krug wie aus Tausendundeiner Nacht; die rissige Terrasse, wo der Vater der alten Dame mit einer Wolldecke auf den Knien vor sich hin döste, als er sein Gouverneursamt in Nowgorod aufgegeben hatte, um ein paar letzte Abende in Nizza zu verbringen; den blaßgrünen Himmel; einen Hauch von Vanille in der sinkenden Dämmerung; die Grillen, die ihren metallischen Triller hören ließen, der zwei Oktaven über dem eingestrichenen C liegt; und Anna Wladimirowna, deren hängende, faltige Wangen zuckten, als sie mir eine mütterliche, aber unverdiente Beleidigung an den Kopf warf.

Während mehrerer voraufgegangener Wochen, mein lieber V., hatte meine geisterhafte Frau jedesmal, wenn sie allein die drei oder vier Familien besuchte, die wir beide kannten, die begierigen Ohren aller jener netten Leute mit einer ungewöhnlichen Geschichte versorgt. Nämlich: sie hätte sich über beide Ohren in einen jungen Franzosen verliebt, der ihr ein betürmtes Heim und einen adligen Namen bieten konnte; sie hätte mich inständig um die Scheidung gebeten, ich aber hätte sie ihr abgeschlagen; ja, ich hätte erklärt, ich würde sie und mich eher erschießen, als allein nach New York zu fahren; sie hätte gesagt, ihr Vater habe sich in einem ähnlichen Fall wie ein Kavalier verhalten; und ich hätte geantwortet, ihr *cocu de père* sei mir schnurzegal.

Es gab eine Menge anderer alberner Einzelheiten dieser Art – aber sie paßten alle so gut zusammen, daß es kein Wunder war, wenn die alte Dame mich schwören ließ, daß ich keinen Versuch machen würde, die beiden Liebenden mit gespanntem Pistolenabzug zu verfolgen. Sie hätten sich, sagte sie, auf ein Schloß in der Lozère zurückgezogen. Ich erkundigte mich, ob sie den Mann je zu Gesicht bekommen habe. Nein, aber sein Bild habe sie gesehen. Als ich gehen wollte, flammte Anna Wladimirowna, die sich schon ein wenig beruhigt und mir sogar ihre fünf Finger zu einem Kuß gereicht hatte, von neuem auf, stampfte mit ihrem Stock auf den Kies und sagte mit ihrer tiefen, kräftigen Stimme: «Aber eins verzeihe ich Ihnen nie – ihren Hund, das arme Tier, das Sie eigenhändig erhängt haben, bevor Sie Paris verließen.»

Ob der Herr von Stand sich in einen Handelsreisenden verwandelt hatte oder umgekehrt, ob er weder der eine noch der andere war, sondern der schäbige Russe, der ihr vor unserer Heirat den Hof gemacht hatte – all das war ohne jede Bedeutung. Sie war fort. Das war das Ende. Ich wäre ein Narr gewesen, hätte ich mich von neuem auf das alptraumhafte Geschäft der Suche und des Wartens eingelassen.

Am vierten Morgen einer langen und trostlosen Schiffsreise traf ich an Deck einen ernsten, aber angenehmen alten Arzt, mit dem ich in Paris zuweilen Schach gespielt hatte. Er fragte mich, ob der rauhe Seegang meiner Frau viel ausmache. Ich antwortete, daß ich allein reiste; worauf er verblüfft dreinschaute und sagte, er hätte sie doch einige Tage vor der Abreise gesehen, und zwar in Marseille, wo sie – eher ziellos, meinte er – die Kaimauer entlanggegangen sei. Sie habe gesagt, ich hätte Koffer und Karten und wäre bald bei ihr.

Dies, vermute ich, ist die Pointe der ganzen Geschichte – obwohl Du ihn, wenn Du sie schreibst, besser keinen Arzt sein läßt, da dergleichen zu oft gemacht wurde. In eben jenem Augenblick begriff ich mit einem Mal, daß sie niemals existiert hatte. Ich will Dir noch etwas sagen. Nach meiner Ankunft beeilte ich mich, eine gewisse krankhafte Neugier zu befriedigen: Ich suchte die Adresse auf, die sie mir einst gegeben hatte – sie erwies sich als eine anonyme Lücke zwischen zwei Bürogebäuden; ich suchte im Telephonbuch den Namen ihres Onkels; er war nicht verzeichnet; ich zog Erkundigungen ein, und Gekko, der alles weiß, teilte mir mit, daß der Mann und seine pferdefreundliche Frau zwar existierten, aber nach dem Tod ihrer tauben kleinen Tochter nach San Francisco gezogen waren.

Wenn ich mir die Vergangenheit graphisch vorstelle,

sehe ich unsere verstümmelte Liebe tief unten in einem nebeligen Tal zwischen den Zacken zweier realer, nüchterner Berge: Das Leben war bis dahin wirklich gewesen, das Leben wird von jetzt an wieder wirklich sein, hoffe ich. Nicht morgen allerdings. Vielleicht übermorgen. Daß Du, glücklicher Sterblicher, mit Deiner reizenden Familie (wie geht's Ines? wie den Zwillingen?) und Deiner abwechslungsreichen Arbeit (wie geht's den Flechten?) mir mein Unglück vermittels menschlicher Anteilnahme enträtselst, wäre sicher zuviel verlangt, doch vielleicht kannst Du die Sache für mich durch das Prisma Deiner Kunst klarer machen.

Doch welch ein Jammer ist's. Zum Teufel mit Deiner Kunst, ich leide furchtbar. Immer noch geht sie dort auf und ab, wo die braunen Netze zum Trocknen auf den heißen Steinplatten ausgebreitet sind und das scheckige Licht des Wassers an der Seite eines festgemachten Fischerbootes spielt. Irgendwo, irgendwie habe ich einen verhängnisvollen Fehler gemacht. In den braunen Maschen glänzen hier und da winzige blasse Stückchen kaputter Fischschuppen. Wenn ich nicht achtgebe, könnte alles noch in *Aleppo* enden. Schone mich, V.: Du beschwertest Deine Würfel mit einer unerträglichen Bedeutung, wenn Du das als Titel nähmest.

Ein vergessener Dichter

1

Im Jahre 1899 beschloß eine führende kulturelle Organisation im wuchtigen, behaglichen, gepolsterten St. Petersburg jener Tage, die Gesellschaft zur Förderung der russischen Literatur, in großem Stil das Gedächtnis des Dichters Konstantin Perow zu ehren, der fünfzig Jahre zuvor im feurigen Alter von vierundzwanzig Jahren dahingeschieden war. Man hatte ihn den russischen Rimbaud genannt, und obwohl der junge Franzose ihm an Genie überlegen war, ist ein solcher Vergleich nicht völlig abwegig. Er war nicht älter als achtzehn, als er seine bemerkenswerten *Georgischen Nächte* schrieb, ein langes, wildwucherndes «Traumepos», das in einzelnen Passagen den Schleier seiner traditionellen orientalischen Szenerie zerreißt, um jenen himmlischen Luftzug zu erzeugen, der einen plötzlich genau zwischen den Schulternblättern die Wirkung wahrer Poesie spüren läßt.

Drei Jahre später folgte ihm ein Band Gedichte: Er hatte sich irgendeines deutschen Philosophen bemächtigt, und manche dieser Stücke sind darum so unbefriedigend, weil sie den grotesken Versuch machen, echte lyrische Ergriffenheit und eine metaphysische Erklärung des Universums miteinander zu verbinden; doch der Rest war noch ebenso lebendig und ungewöhnlich wie zu der Zeit, als jener seltsame Jüngling den russischen Wortschatz verrenkte und abgegriffenen Epitheta den Hals umdrehte, um eine bis dahin zwitschernde Dichtung stammeln und schreien zu machen. Den meisten Lesern gefallen jene Gedichte am besten, in denen die Freiheitsideen, die so charakteristisch waren für die russischen fünfziger Jahre, in einem großartigen Sturm dunkler Beredsamkeit ihren Ausdruck finden, einem Sturm, der, wie ein Kritiker sagte, «einem zwar den Feind nicht zeigt, einen aber bis zum Bersten mit dem Wunsch erfüllt, sich zu schlagen». Persönlich ziehe ich seine reineren und zugleich holprigeren Gedichte wie *Der Zigeuner* oder *Die Fledermaus* vor.

Perow war der Sohn eines kleinen Landbesitzers, von dem einzig und allein bekannt ist, daß er auf seinem Gut in der Nähe von Luga Tee anzupflanzen versucht hatte. Seine jungen Jahre (um einmal in den Stil eines Biographen zu verfallen) verbrachte Konstantin zumeist in St. Petersburg, wo er wohl – Genaueres weiß man nicht – die Universität besuchte und sich dann nach einer Büroarbeit umsah; über jene Trivialitäten hinaus, die sich aufgrund der üblichen Neigungen von seinesgleichen vermuten lassen, ist in der Tat wenig bekannt von seinem Tun und Lassen. Eine Stelle im Briefwechsel des berühmten Dichters Nekrassow, der ihm zufällig einmal in einer Buchhandlung begegnet war, überliefert das Bild eines düsteren, unausgeglichenen, «unbeholfenen und heftigen» jungen Mannes mit «den Augen eines Kindes und den Schultern eines Möbelpackers».

Auch in einem Polizeibericht ist er erwähnt, und zwar hatte er sich in einem Café auf dem Newskij-Prospekt angeblich «im Flüsterton mit zwei anderen Studenten unterhalten». Und seine Schwester, die einen Kaufmann aus Riga ehelichte, soll des Dichters romantische Abenteuer mit Näherinnen und Waschfrauen beklagt haben. Im Herbst 1849 stattete er seinem Vater einen Besuch ab, um Geld für eine Reise nach Spanien zu erbitten. Der Vater, ein Mann einfacher Reaktionen, gab ihm eine Ohrfeige; und ein paar Tage später ertrank der arme Junge beim Baden im benachbarten Fluß. Unter einer Birke entdeckte man seine Kleidung und einen angebissenen Apfel, doch seine Leiche fand sich nie.

Sein Ruhm war schwerfällig: eine Passage aus den *Georgischen Nächten*, immer dieselbe, in allen Anthologien; im Jahre 1859 ein vehementer Artikel des radikalen Kritikers Dobrolubow, der die revolutionären Anspielungen seiner schwächsten Gedichte pries; in den achtziger Jahren ein allgemeines Gefühl, daß eine reaktionäre Atmosphäre ein beachtliches, wenngleich etwas unartikuliertes Talent gelähmt und schließlich zuschanden gemacht habe – das war so ungefähr alles.

Dank einem gesunderen Interesse für Dichtung, das wie des öfteren mit einer derben und langweiligen politischen Periode einherging, begann man Perows Verse in den neunziger Jahren aufgeregt und geschäftig wiederzuentdecken, während andererseits die liberal Gesinnten nicht abgeneigt waren, Dobrolubows Wink zu folgen. Die Geldsammlung für ein Denkmal in einem der öffentlichen Parks erwies sich als vollauf erfolgreich. Ein führender Verleger kratzte alles zusammen, was über Perows Leben herauszubekommen war, und veröffentlichte seine sämtlichen Werke in einem einigermaßen umfänglichen Band. Die Monatsschriften steuerten einige gelehrte Abhandlungen bei. Zur Gedächtnisfeier in einem der besten Säle der Hauptstadt fanden sich eine Menge Menschen ein.

2

Ein paar Minuten vor Beginn, während die Redner noch in einem Beratungszimmer hinter der Bühne versammelt waren, wurde die Tür aufgestoßen, und ein rüstiger alter Herr trat ein, mit einem Gehrock angetan, der – auf seinen oder eines anderen Mannes Schultern – bessere Tage gesehen hatte. Ohne die Ermahnungen einiger Studenten mit Stoffbändern am Revers, die ihn in ihrer Eigenschaft als Saalordner zurückzuhalten versuchten, auch nur im geringsten zu beachten, schritt er würdevoll auf das Komitee zu, verneigte sich und sprach: «Ich bin Perow.»

Ein Freund von mir, doppelt so alt wie ich und heute der einzige noch lebende Zeuge des Vorfalls, berichtete mir, daß der Vorsitzende (der als Zeitungsredakteur eine Menge Erfahrung mit ungewöhnlichen Störenfrieden hatte), ohne auch nur den Blick zu heben, sagte: «Schmeißt ihn raus.» Niemand leistete ihm Folge – vielleicht, weil man dazu neigt, einem alten, vermutlich sehr betrunkenen Herrn mit einer gewissen Höflichkeit zu begegnen. Er setzte sich mit an den Tisch, suchte sich den am zugänglichsten aussehenden Mann heraus,

Slawskij, einen Übersetzer Longfellows, Heines und Sully-Prudhommes (der später unter die Terroristen gehen sollte), und fragte diesen ganz sachlich, ob das «Denkmalsgeld» beisammen sei und, wenn ja, wann er es haben könne.

Alle Berichte stimmen darin überein, daß er seine Forderung in ungemein ruhiger Weise vorbrachte. Er versah sie mit keinerlei Nachdruck, vielmehr trug er sie vor, als käme ihm die Möglichkeit, daß man ihm etwa keinen Glauben schenken könnte, gar nicht in den Sinn. Was beeindruckte, war, daß dieser Mann mit dem Patriarchenbart, den verblaßten braunen Augen und der Kartoffelnase sich ganz am Anfang jener sonderbaren Angelegenheit, in jenem abgelegenen Zimmer, unter jenen verdienten Herren nach dem Ertrag der Aktion erkundigte, ohne auch nur irgendwelche Beweisstücke vorzulegen, wie sie ein gewöhnlicher Hochstapler gefälscht hätte.

«Sind Sie ein Verwandter?» fragte jemand.

«Mein Name ist Konstantin Konstantinowitsch Perow», sagte der alte Mann geduldig. «Man hat mir zu verstehen gegeben, daß sich ein Nachkomme meiner Familie im Saal befindet, doch das tut nichts zur Sache.»

«Wie alt sind Sie?» fragte Slawskij.

«Ich bin vierundsiebzig», erwiderte er, «und das Opfer mehrerer aufeinanderfolgender Mißernten.»

«Es ist Ihnen sicherlich bekannt», bemerkte der Schauspieler Jermakow, «daß der Dichter, dessen Gedächtnis wir heute abend feiern, vor genau fünfzig Jahren im Fluß Oredesh ertrunken ist.»

«*Wsdor* (Unsinn)», gab der alte Mann zur Antwort. «Diese Geschichte damals habe ich aus ganz privaten Gründen abgezogen.»

«Und jetzt, mein Lieber», sagte der Vorsitzende, «jetzt müssen Sie, glaube ich, wirklich gehen.»

Sie entließen ihn aus ihren Gedanken und strömten auf das schonungslos erleuchtete Podium hinaus, wo ein anderer, mit feierlichem rotem Tuch gedeckter Konferenztisch, hinter dem die nötige Anzahl von Stühlen stand, das Publikum seit geraumer Zeit mit dem Gefunkel seiner traditionellen Wasserkaraffe hypnotisiert hatte. Zur Linken konnte man ein Ölbild bewundern, eine Leihgabe der Kunstgalerie Scheremetjewskij: Es stellte Perow im Alter von zweiundzwanzig Jahren dar, einen dunklen jungen Mann mit romantischem Haar und offenem Hemdkragen. Das Gestell, auf dem das Bild stand, war mit Laubwerk und Blumen ehrfürchtig getarnt. Vorne erhob sich ein Lesepult mit einer weiteren Karaffe, und seitlich der Bühne wartete ein Konzertflügel darauf, später, für den musikalischen Teil des Programms, hereingerollt zu werden.

Der Saal war voll von Literaten, aufgeklärten Rechtsanwälten, Lehrern, Gelehrten, eifrigen Studenten beiderlei Geschlechts und so fort. Auch ein paar bescheidene Geheimpolizisten waren entsandt worden, der Veranstaltung unauffällig beizuwohnen, denn die Regierung wußte aus Erfahrung, daß die gesetztesten kulturellen Veranstaltungen die merkwürdige Neigung hatten, zu einer Orgie revolutionärer Propaganda auszuarten. Der Umstand, daß eins von Perows ersten Gedichten eine zwar verschleierte, aber sympathisierende

Anspielung auf den Aufstand von 1825 enthielt, legte gewisse Vorsichtsmaßnahmen nahe: Man konnte niemals im voraus wissen, was nach einer öffentlichen Rezitation solcher Verse wie «sibirischer Lärchen düsteres Rauschen verständigt sich mit dem Untergrunderz» geschehen würde – *«sibirskich picht ugrjumyj schoroch s podsemnoj snosiza rudoj»*.

Wie in einem der Berichte zu lesen ist, «wurde einem bald klar, daß aufgrund einer Art dostojewskijschen Krawalls [der Autor hat ein berühmtes *slapstick*-Kapitel in den *Dämonen* im Sinn] eine peinliche und gespannte Atmosphäre herrschte». Sie war darauf zurückzuführen, daß der alte Herr den sieben Mitgliedern des Jubiläumskomitees bedächtig auf das Podium folgte und dann versuchte, sich mit ihnen an den Tisch zu setzen. Der Vorsitzende, dem vor allem daran gelegen war, ein Handgemenge vor den Augen des Publikums zu vermeiden, tat sein Bestes, ihn davon abzubringen. Hinter einem der Öffentlichkeit zugedachten höflichen Lächeln flüsterte er dem Patriarchen zu, daß er ihn aus dem Saal hinauswerfen lassen würde, falls er nicht sofort die Lehne des Stuhls losließe, den Slawskij mit unbekümmertem Gesicht, aber eisernem Griff heimlich der knorrigen Hand des Alten zu entwinden suchte. Der Alte widersetzte sich, aber verlor seinen Halt und blieb ohne Sitzgelegenheit. Er warf einen Blick in die Runde, bemerkte den Klavierstuhl neben der Bühne und schleppte ihn kaltblütig auf das Podium, nur den Bruchteil einer Sekunde, bevor die Hände eines verborgenen Saalordners einen Versuch machten, ihn zurückzureißen. In einiger Entfernung vom Tisch setzte er sich und wurde sogleich Ausstellungsstück Nummer eins.

Hier machten die Komiteemitglieder den fatalen Fehler, seine Gegenwart erneut aus dem Sinn zu verlieren: Sie waren, das sei nochmals gesagt, vor allem darauf bedacht, eine Szene zu vermeiden; außerdem verdeckte die blaue Hortensie neben dem Bildgestell ihnen das lästige Individuum zur Hälfte. Unglückseligerweise war der alte Herr für das Publikum nur allzu deutlich sichtbar: Da saß er auf seinem unziemlichen Schemel (an dessen Rotationsfähigkeiten ein gelegentliches Quietschen erinnerte), öffnete sein Brillenetui, hauchte mit einem Fischmund seine Brillengläser an, alles das völlig ruhig und gemütlich, und sein ehrwürdiger Kopf, seine schäbige schwarze Kleidung und seine Zugstiefel erinnerten gleichzeitig an einen ärmlichen russischen Professor und einen wohlhabenden russischen Leichenbestatter.

Der Vorsitzende schritt zum Pult und machte sich an seine Eröffnungsansprache. Überall im Publikum regte sich Getuschel, denn die Leute waren natürlich neugierig, zu erfahren, wer der Alte war. Fest bebrillt, die Hände auf den Knien, spähte er seitwärts zu dem Portrait hinüber, wandte sich dann ab und musterte die vorderste Reihe. Die Blicke, die die seinen erwiderten, konnten nicht umhin, zwischen der glänzenden Kuppel seines Kopfes und dem lockigen Schopf des Portraits hin- und herzuwandern, denn während der langen Rede des Vorsitzenden sprachen sich die näheren Umstände der Störung herum, und die Phantasie einiger Leute begann mit dem Gedanken zu spielen, daß ein einer nahezu legendären Epoche angehörender Dichter, den die Lehrbücher so bequem und genau in sie einzufügen gewußt hatten, ein anachronistisches Wesen, ein lebendes Fossil in den Netzen eines unwissenden Fischers, eine Art Rip Van Winkle, als heruntergekommener Greis tatsächlich einer Versammlung beiwohnte, die seiner glorreichen Jugend gewidmet war.

«... möge das denkende Rußland», sagte der Vorsitzende und beschloß damit seine Rede, «Perows Namen nimmer vergessen. Tjuttschew hat gesagt, unser Vaterland werde Puschkins immerdar als seiner ersten Liebe gedenken. Was Perow anlangt, können wir sagen, daß er Rußlands erste Erfahrung der Freiheit war. Einem oberflächlichen Beobachter mag diese Freiheit auf Perows verschwenderischen Umgang mit poetischen Bildern beschränkt dünken, die dem Künstler mehr als dem Staatsbürger bedeuten. Wir hingegen, Angehörige einer nüchterneren Generation, wir sind geneigt, aus Versen wie den folgenden einen tieferen, wesentlicheren, menschlicheren und der Gesellschaft gegenüber verantwortungsvolleren Sinn herauszulesen:

Wenn der letzte Schnee sich im Schatten der Friedhofsmauer versteckt
und das Fell des Rappen meines Nachbarn
in der flüchtigen Aprilsonne einen flüchtigen blauen Schimmer bekommt
und die Pfützen so viele Himmel sind in den hohlen Negerhänden der Erde,
dann zieht es aus, mein Herz, in seinem verschlissenen Mantel,

aus zu den Armen, den Blinden, den Schwachen im
Geist,
den runden Rücken, die sich für runde Bäuche plagen,
zu allen, deren von Sorge oder Laster stumpf gewordene Augen
die Löcher im Schnee, das blaue Pferd, das Wunder der
Pfütze nicht sehn.»

Die Stelle wurde mit Beifall aufgenommen, doch plötzlich stockte das Klatschen, und hier und da wurde unpassend gelacht; denn als der Vorsitzende, immer noch vibrierend von den gerade gesprochenen Worten, zum Tisch zurückging, erhob sich der bärtige Fremde und dankte mit ruckartigem Kopfnicken und unbeholfenen schlenkernden Handbewegungen für den Applaus, indes sich in seinem Gesicht förmliche Dankbarkeit und eine gewisse Ungeduld mischten. Slawskij und einige Saalordner unternahmen einen verzweifelten Versuch, ihn fortzuschaffen, aber aus den Tiefen des Publikums kamen Rufe wie «pfui, pfui!» und «*astawte starika* (laßt den Alten in Ruhe)!»

In einem der Berichte finde ich die Vermutung, daß sich Komplizen im Publikum befunden hätten, doch ich meine, das Mitleid der Menge, das ebenso unerwartet aufkommen kann wie ihre Rachsucht, reicht aus, die Wendung zu erklären, die die Dinge jetzt nahmen. Obwohl er mit drei Männern fertig zu werden hatte, gelang es dem *starik*, eine bemerkenswerte Würde zu wahren, und als sich seine kleinmütigen Angreifer zurückzogen und er den Klavierstuhl zurückeroberte, der während des Kampfes umgefallen war, erhob sich ein befriedigtes Gemurmel. Jedoch blieb die bedauernswerte Tatsache bestehen, daß die Atmosphäre der Veranstaltung hoffnungslos gestört war. Den jüngeren und rüpelhafteren Leuten im Publikum begann das Ganze großen Spaß zu machen. Der Vorsitzende goß sich mit bebenden Nasenflügeln ein Glas voll Wasser. Von verschiedenen Seiten des Saales aus wechselten zwei Geheimagenten vorsichtige Blicke.

3

Auf die Rede des Vorsitzenden folgte der Bericht des Schatzmeisters über die Geldbeträge, die von verschiedenen Institutionen und Privatpersonen aufgebracht worden waren, um in einem Park der Außenbezirke ein Perow-Denkmal zu errichten. Der Alte zog bedächtig ein Stück Papier und einen Bleistiftstumpf hervor und machte sich daran, das Knie als Unterlage benutzend, die Zahlen, die genannt wurden, nachzurechnen. Dann erschien für einen Augenblick die Enkelin von Perows Schwester auf der Bühne. Die Veranstalter hatten einige Schwierigkeit mit diesem Programmpunkt gehabt, da die fragliche Person, eine dicke, wachsbleiche junge Frau mit vorstehenden Augen, an Melancholie litt und in einer Nervenklinik untergebracht war. Mit verzogenem Mund und ganz in rührendes Rosa gekleidet, wurde sie dem Auditorium einen Augenblick lang vorgeführt und dann schleunigst wieder den festen Händen einer drallen Frau übergeben, welche die Anstalt mitgeschickt hatte.

Als Jermakow, in jenen Tagen der Liebling des Theaterpublikums, eine Art schöner Tenor des Dramas, mit seiner Schokoladenpuddingstimme die Rede des Prinzen aus den *Georgischen Nächten* zu deklamieren begann, wurde es klar, daß sich selbst seine enthusiastischsten Anhänger mehr für die Reaktionen des alten Mannes interessierten als für die Schönheit der Rezitation. Bei den Versen

> Metalle sind unsterblich? Irgendwo
> liegt ein brünierter Knopf, den ich verlor
> am siebenten Geburtstag in dem Garten.
> Bring mir den Knopf, und meine Seele weiß:
> jegliche Seele ist bewahrt, gerettet

kam seine Gemütsruhe zum ersten Mal ins Wanken, und langsam entfaltete er ein großes Taschentuch und schneuzte sich kräftig die Nase – ein Geräusch, das Jermakows dunkel geschminktes, diamanten glitzerndes Auge wie das eines furchtsamen Pferdes argwöhnisch zur Seite schweifen ließ.

Das Taschentuch wurde in die Falten des Rocks zurückgesteckt, und erst einige Sekunden später wurden die Leute in der ersten Reihe gewahr, daß unter seiner Brille hervor Tränen rannen. Er machte keinen Versuch, sie wegzuwischen, obwohl sich seine Hand mit klauenartig gespreizten Fingern ein- oder zweimal der Brille näherte; doch jedesmal ließ er sie wieder sinken, als fürchte er (und das war der Höhepunkt des ganzen meisterlichen Kunststücks), die Aufmerksamkeit auf seine Tränen zu lenken. Der gewaltige Beifall, der auf die Rezitation folgte, galt gewiß mehr der Darbietung des Alten als dem Gedicht in Jermakows Wiedergabe. Sobald der Applaus versickert war, stand er auf und trat vor zum Rand des Podiums.

Seitens des Komitees wurde kein Versuch gemacht, ihn aufzuhalten, und zwar aus zweierlei Gründen. Erstens war der Vorsitzende, zur Verzweiflung getrieben von dem aufsehenerregenden Gebaren des Alten, für einen Moment hinausgegangen und hatte eine bestimmte Anweisung erteilt. Zweitens begann ein Durcheinander seltsamer Zweifel an den Nerven der Veranstalter zu nagen, so daß vollkommene Stille herrschte, als der Alte seine Ellbogen auf das Lesepult legte.

«Und dies ist Ruhm», sagte er mit so belegter Stimme, daß von den hinteren Reihen «*gromtsche, gromtsche* (lauter, lauter)!» gerufen wurde.

«Ich sage, das ist Ruhm», wiederholte er und spähte über seine Brille hinweg wütend auf das Publikum. «Keine zwei Dutzend wertloser Gedichte, etwas Wortgeschüttel und Wortgeklingel, und der Name bleibt im Gedächtnis, als sei der Mann der Menschheit irgend von Nutzen gewesen! Nein, Herrschaften, machen Sie sich nichts vor. Unser Reich und der Thron unseres Vaters, des Zaren, werden nicht wanken, wie sie auch bisher nicht gewankt haben, in ihrer unerschütterlichen Macht sind sie gefrorenem Donner verwandt, und der irregeleitete Jüngling, der vor einem halben Jahrhundert aufrührerische Verschen hingekritzelt hat, ist heute ein gesetzesfürchtiger alter Mann, dem anständige Bürger mit Respekt begegnen. Ein alter Mann, lassen Sie mich hinzusetzen, der auf Ihren Schutz angewiesen ist. Ich bin ein Opfer der Elemente: Das Land, das ich mit meinem Schweiß pflügte, die Lämmer, die ich persönlich gesäugt hatte, der Weizen, den ich mit seinen goldenen Armen winken sah...»

In diesem Augenblick führten zwei gewaltige Polizisten den Alten schnell und schmerzlos ab. Das Publikum sah mit an, wie er eilends hinausgeschafft wurde, der Hemdeinsatz stand in die eine Richtung, der Bart in die andere, eine Manschette schlenkerte am Handgelenk, doch in seinen Augen lagen noch der gleiche Ernst und Stolz.

In ihren Berichten von der Feierlichkeit erwähnten die führenden Tageszeitungen den «bedauerlichen Vorfall», der sie beeinträchtigt hatte, nur beiläufig. Doch der übel beleumdete *St. Petersburger Anzeiger*, ein greuliches und reaktionäres Revolverblatt, das die Brüder Cherstow zu Nutz und Frommen des unteren Mittelstandes und einer in seligem Halbanalphabetentum dahinlebenden Unterschicht von Arbeitern herausgaben, kam groß mit einer Artikelserie heraus, in der behauptet wurde, daß es sich bei dem «bedauerlichen Vorfall» um nicht weniger als das Wiederauftauchen des echten Perow gehandelt habe.

4

Inzwischen war der Alte von dem sehr reichen und auf vulgäre Weise exzentrischen Kaufmann Gromow aufgelesen worden, dessen Haus voll war von vagabundierenden Mönchen, Quacksalbern und «Pogromystikern». Der *Anzeiger* druckte Interviews mit dem Hochstapler. Darin äußerte dieser Schreckliches über die «Lakaien der revolutionären Partei», die ihn um seine Identität betrogen und seines Geldes beraubt hätten. Dieses Geld gedachte er auf rechtlichem Wege von den Verlegern der sämtlichen Werke Perows zu erhalten. Ein betrunkener Scholast, der zu Gromows Haushalt gehörte, wies auf die (unglücklicherweise sehr auffällige) Ähnlichkeit zwischen den Gesichtszügen des Alten und denen des Portraits hin.

Es erschien ein eingehender, aber höchst unglaubwürdiger Bericht, in dem geschildert wurde, wie er einen Selbstmord vorgetäuscht habe, um am Busen des heiligen Rußland ein christliches Leben zu führen. Alles war er gewesen: Hausierer, Vogelfänger, Fährmann auf der Wolga, und zu guter Letzt hatte er in einer entlegenen Provinz ein Stück Land erworben. Ich habe ein Exemplar eines schmuddelig aussehenden Büchleins gesehen, *Tod und Auferstehung des Konstantin Perow*, das zusammen mit den *Abenteuern des Marquis de Sade* und den *Memoiren einer Amazone* von bibbernden Bettlern auf der Straße verhökert wurde.

Mein bester Fund jedoch bei der Durchsicht alter Akten ist eine schmierige Photographie des bärtigen Betrügers, die ihn in einem kahlen Park auf dem Marmorsockel des unvollendeten Perow-Denkmals zeigt. Kerzengerade steht er da, die Arme verschränkt; er trägt eine runde Pelzmütze und ein neues Paar Gummiüberschuhe, aber keinen Mantel; eine kleine Schar seiner Anhänger ist zu seinen Füßen versammelt, und ihre kleinen weißen Gesichter starren mit jenem eigentümlichen, nabeläugigen Ausdruck in die Kamera, der alten Bildern vom Lyncher-Rotten eigentümlich ist.

In Anbetracht dieser Atmosphäre blühenden Rowdytums und reaktionärer Selbstzufriedenheit (die in Rußland so eng mit allen Einfällen der Regierung verbunden ist, ob der Zar nun Alexander, Nikolaus oder Josef heißt) fanden die Intellektuellen es schwer erträglich, sich mit der Katastrophe abzufinden, die es bedeutet hätte, den reinen, feurigen, revolutionär gesinnten Petrow, wie er sich in seinen Gedichten dargestellt hatte, mit einem vulgären Greis zu identifizieren, der sich in einem übertünchten Schweinekoben suhlte. Die tragische Seite war, daß zwar weder Gromow noch die Brüder Cherstow ihren Lustigmacher für den wahren Perow hielten, aber viele anständige, kultivierte Leute von dem unmöglichen Gedanken geplagt waren, Wahrheit und Gerechtigkeit von sich gewiesen zu haben.

Ein unlängst veröffentlichter Brief von Slawskij an Korolenko drückt es so aus: «Man schaudert, daran zu denken, daß ein Geschenk des Schicksals, wie es in der Geschichte nicht seinesgleichen hat, die lazarusgleiche Auferstehung eines großen Dichters der Vergangenheit, undankbar übersehen – nein, mehr noch, für das bübische Gaunerstück eines Mannes erachtet werden konnte, dessen einziges Verbrechen darin bestand, ein halbes Jahrhundert lang geschwiegen und ein paar Minuten unbeherrscht dahergeredet zu haben.» Die Formulierung ist wirr, aber worauf sie hinauslief, das ist klar: Das intellektuelle Rußland fürchtete weniger, auf einen Schwindel hereinzufallen, als einem schrecklichen Versehen Vorschub zu leisten. Aber vor einem fürchtete es sich noch mehr, und das war die Zerstörung eines Ideals; denn ein Radikaler ist bereit, alles in der Welt umzustürzen, nur die läppische Nippfigur nicht, und sei sie noch so fragwürdig und verstaubt, die der Radikalismus einst aus welchem Grund auch immer zur Reliquie erklärt hat.

Angeblich sollen bei einer bestimmten Geheimsitzung der Gesellschaft zur Förderung der russischen Literatur die zahlreichen beleidigenden Briefe, die der Greis in einem fort schickte, von Experten sehr sorgfältig mit einem sehr alten Brief verglichen worden sein, den der Dichter in jungen Jahren geschrieben hatte. Er war in einem Privatarchiv aufgefunden worden, galt als das einzige Muster von Perows Handschrift, und außer den Gelehrten, die sich über seine verblaßte Tinte beugten, wußte niemand von seiner Existenz. Auch wir wissen nicht, zu welchem Ergebnis sie kamen.

Ein weiteres Gerücht besagt, daß ein ansehnlicher Geldbetrag aufgebracht wurde und man dem Alten ohne das Wissen seiner nichtswürdigen Kumpane einen Vorschlag unterbreitete. Anscheinend sollte ihm eine beträchtliche monatliche Rente gewährt werden, unter der Bedingung, daß er unverzüglich auf seinen Bauernhof zurückkehre und dort bleibe – in Vergessenheit und geziemendem Schweigen. Es scheint, daß das Angebot auch angenommen wurde, denn er verschwand so unvermittelt, wie er aufgetaucht war, während sich Gromow über den Verlust seines Favoriten damit hinwegtröstete, daß er einen zweifelhaften Hypnotiseur französischer Abstammung adoptierte, der ein oder zwei Jahre später am Hof einigen Erfolg ernten sollte.

Das Denkmal, planmäßig enthüllt, wurde zu einem Liebling der dortigen Tauben. Der Verkauf der gesammelten Werke kam in der Mitte einer vierten Auflage taktvoll zum Stillstand. Ein paar Jahre später schließlich berichtete der älteste, aber nicht notwendig gescheiteste Einwohner der Gegend, wo Perow geboren worden war, einer Journalistin, er entsinne sich, daß sein Vater ihm erzählt habe, wie er im schilfigen Teil des Flusses einmal ein Skelett fand.

5

Das wäre alles gewesen, wäre nicht die Revolution gekommen und hätte zusammen mit den fetten Erdschollen auch die feinen weißen Wurzeln kleiner Pflanzen und dicke malvenfarbige Würmer nach oben gekehrt, die sonst unter der Erde geblieben wären. Als in den frühen zwanziger Jahren in der dunklen, hungrigen, aber krankhaft betriebsamen Stadt verschiedene seltsame kulturelle Unternehmungen aufkeimten (etwa Buchhandlungen, in denen berühmte, aber notleidende Schriftsteller ihre eigenen Werke verkauften), verdiente sich irgend jemand einige Monate lang den Lebensunterhalt damit, daß er ein kleines Perow-Museum einrichtete – und das führte zu noch einer Wiederauferstehung.

Die Ausstellungsstücke? Alles, eins ausgenommen (der Brief). Eine Vergangenheit aus zweiter Hand in einem schäbigen Saal. Die ovalen Augen und braunen Locken des kostbaren Scheremetjewskij-Portraits (mit einer Craquelure in der Gegend des offenen Kragens, die an eine versuchte Enthauptung denken ließ); ein zerschlissenes Exemplar der *Georgischen Nächte*, von dem angenommen wurde, daß es einst Nekrassow gehört habe; die nicht weiter hervorragende Photographie der Dorfschule, die an der Stelle errichtet worden war, wo der Vater des Dichters einst ein Haus und einen Obstgarten besessen hatte. Ein alter Handschuh, den irgendein Besucher des Museums vergessen hatte. Mehrere Ausgaben der Perowschen Werke, so verteilt, daß sie den größtmöglichen Raum einnahmen.

Und da sich diese armseligen Relikte immer noch weigerten, eine glückliche Familie zu bilden, waren ihnen einige zeitgeschichtliche Objekte beigesellt worden, etwa der Morgenrock und die Ketten eines berühmten radikalen Kritikers – jenen hatte er in seinem Rokoko-Arbeitszimmer, diese in seinem hölzernen sibirischen Gefängnis getragen. Aber da selbst weder diese Gegenstände noch die Portraits verschiedener zeitgenössischer Schriftsteller sperrig genug waren, war ein Modell des ersten Eisenbahnzuges, der in Rußland (und zwar in den vierziger Jahren zwischen St. Petersburg und Zarskoje Selo) verkehrt hatte, in der Mitte jenes trübseligen Raumes aufgestellt worden.

Der Alte, jetzt weit über neunzig, aber immer noch

der Rede mächtig und von einigermaßen gerader Haltung, führte einen herum, als wäre er nicht der Hausmeister, sondern der Gastgeber. Man hatte den sonderbaren Eindruck, daß er einen sogleich zum Abendessen in das (nicht vorhandene) Nebenzimmer führen würde. Sein ganzer Besitz indessen war ein Ofen hinter einem Wandschirm und die Bank, auf der er schlief; doch erwarb man eines der im Eingang zum Verkauf ausgestellten Bücher, so signierte er es mit großer Selbstverständlichkeit.

Eines Morgens dann fand ihn die Frau, die ihm sein Essen brachte, tot auf seiner Bank. Drei zänkische Familien hausten eine Zeitlang in dem Museum, und bald war nichts von seinem Inhalt mehr übrig. Und als hätte eine große Hand mit lautem Ratschen einen ganzen Packen Seiten aus einigen Büchern gerissen, als hätte irgendein leichtfertiger Geschichtenschreiber einen Lügenkobold in das Gefäß der Wahrheit gesperrt oder als...

Doch egal. Irgendwie verlor Rußland im Laufe der folgenden zwanzig Jahre jeden Kontakt mit Perows Dichtung. Junge Sowjetbürger wissen von seinen Werken ebensowenig wie von meinen. Ohne Zweifel wird eine Zeit kommen, da man ihn wieder verlegt und wieder bewundert; dennoch kann man sich des Gefühls nicht erwehren, daß den Leuten, wie die Dinge heute liegen, eine Menge entgeht. Auch fragt man sich, was künftige Historiker mit dem Alten und seiner ungewöhnlichen Behauptung anfangen werden. Aber natürlich ist das eine Sache von zweitrangiger Bedeutung.

Zeit und Ebbe

1

In den ersten blumenreichen Tagen der Genesung von einer schweren Krankheit, die zu überstehen niemand, am allerwenigsten der Patient selber, einem neunzig Jahre alten Organismus zugetraut hatte, wurde ich von meinen guten Freunden Norman und Nura Stone ermahnt, die Ruhepause in meinen wissenschaftlichen Arbeiten auszudehnen und mir bei irgendeiner harmlosen Beschäftigung wie Brasseln oder Patience Ruhe zu gönnen.

Das erstere kommt nicht in Frage, denn den Namen einer asiatischen Stadt oder den Titel eines spanischen Romans in einem Labyrinth durcheinandergeschüttelter Silben auf der letzten Seite des Abendnachrichtenbuchs aufzuspüren (ein Kunststück, das meine jüngste Urenkelin mit der größten Begeisterung fertigbringt), erscheint mir bei weitem mühsamer als der Umgang mit lebendem Gewebe. Patience hingegen ist es wert, in Erwägung gezogen zu werden, vor allem, wenn man für ihr geistiges Pendant empfänglich ist; denn ist nicht die Niederschrift der eigenen Erinnerungen ein ähnliches Spiel, bei dem man sich selber in geruhsamer Rückschau Ereignisse und Gefühle wie Karten gibt?

Arthur Freeman soll von Memoirenschreibern gesagt haben, sie seien Leute, die zuwenig Phantasie für Romane haben und ein zu schlechtes Gedächtnis für die Wahrheit. In diesem Zwielicht der Selbstdarstellung muß auch ich mich bewegen. Wie andere alte Männer vor mir habe ich festgestellt, daß das zeitlich Nahe ärgerlich konfus ist, wohingegen am Ende des Tunnels sich Farbe und Licht finden. Ich vermag die Züge jedes einzelnen Monats in den Jahren 1944 oder 1945 zu erkennen, doch nehme ich etwa 1997 oder 2012, so sind die Jahreszeiten völlig verwischt. Ich kann mich nicht an den Namen des bedeutenden Wissenschaftlers erinnern, der meine letzte Arbeit angriff, wie ich auch vergessen habe, welche Schimpfnamen meine ebenso bedeutenden Verteidiger ihm beilegten. Ich bin außerstande, auf Anhieb zu sagen, in welchem Jahr die Embryologische Sektion der Vereinigung der Naturfreunde von Reykjavik mich zum korrespondierenden Mitglied wählte oder wann genau mir die amerikanische Akademie der Wissenschaften ihren exquisitesten Preis zusprach. (Obwohl ich mich allerdings der großen Freude entsinne, die mir beide diese Ehrungen bereiteten.) So sieht ein Mann, der durch ein mächtiges Teleskop blickt, nicht die spätsommerlichen Zirruswolken über seinem verzauberten Obstgarten; aber er sieht, was mein leider verstorbener Kollege, der Professor Alexander Iwantschenko, zweimal sah – das Schwärmen der Hesperozoen in einem feuchten Tal des Planeten Venus.

Zweifellos übertreiben die «zahllosen nebelhaften Bilder», die uns die graue, flache und seltsam melancholische Photographie des vergangenen Jahrhunderts hinterließ, jenen Eindruck der Unwirklichkeit, den dieses Säkulum auf alle macht, die keine eigenen Erinnerungen daran haben; das ändert nichts an der Tatsache, daß die Wesen, welche die Welt in den Tagen meiner Kindheit bevölkerten, der heutigen Generation entfernter erscheinen, als das neunzehnte Jahrhundert jenen vorkam. Sie standen noch bis zu den Hüften in dessen Prüderie und Vorurteil. Sie klammerten sich an die Tradition, wie sich die Ranke an den toten Baumstamm klammert. Sie nahmen die Mahlzeiten an großen Tischen ein, um die sie sich in steifer Sitzhaltung auf harten hölzernen Stühlen gruppierten. Die Kleidung bestand aus mehreren Teilen, von denen auch noch jedes die verkümmerten und nutzlosen Überbleibsel dieser oder jener älteren Mode enthielt (ein Städter hatte beim morgendlichen Ankleiden nicht nur drei Knoten zu binden und den Inhalt von fünfzehn Taschen zu überprüfen, er mußte auch an die dreißig Knöpfe in ebenso viele Knopflöcher zwängen).

In ihren Briefen redeten sie völlig unbekannte Leute mit einer Wendung an, die – sofern Worte einen Sinn haben – soviel wie «hehrer Mensch, dem ich hohe Ehre erweise» besagte, und einer theoretisch unsterblichen Unterschrift schickten sie ein Gemurmel voraus, das idiotische Hochachtung für eine Person ausdrückte, deren Existenz dem Schreiber vollkommen gleichgültig war. Sie hatten die atavistische Neigung, die Gesellschaft mit Tugenden und Rechten auszustatten, die sie dem einzelnen verweigerten. Von ökonomischen Fragen waren sie fast so besessen wie ihre Vorfahren von den verschiedenen Theologien. Sie waren oberflächlich, nachlässig und kurzsichtig. Mehr als andere Generationen neigten sie dazu, hervorragende Menschen zu verkennen, so daß sie uns die Ehre überließen, ihre Klassiker zu entdecken. (So blieb Richard Sinatra zu seinen Lebzeiten ein anonymer *ranger*, der unter einer Fichte in Telluride träumte oder seine genialen Verse den Eichhörnchen des San Isabel-Forstes vorlas, während jedermann einen anderen Sinatra kannte, einen unbedeutenden Schriftsteller gleichfalls orientalischer Abstammung.)

Elementare allobiotische Phänomene verführten ihre sogenannten Spiritisten zu den albernsten transzendentalen Mutmaßungen und ließen den sogenannten gesunden Menschenverstand in ebenso alberner Unwissenheit seine breiten Achseln zucken. Unsere Zeiteinteilungen wären ihnen wie «Telephon»-Nummern vorgekommen. Sie spielten auf mancherlei Weise mit der Elektrizität, ohne auch nur die leiseste Ahnung zu haben, was sie in Wirklichkeit war – und es ist kein Wunder, daß die zufällige Enthüllung ihres wahren Wesens ihnen eine fürchterliche Überraschung bescherte. (Ich war damals schon erwachsen und entsinne mich genau, wie der alte Professor Andrews auf dem Universitätsgelände inmitten einer verblüfften Menge schluchzend sein Herz ausschüttete.)

Doch all den lächerlichen Gepflogenheiten und Komplikationen zum Trotz, in denen sie befangen war, war die Welt meiner Jugend eine tapfere und ausdauernde kleine Welt, die dem Unglück mit einem trockenen Scherz begegnete und sich bereitwillig auf entlegene Schlachtfelder begab, um die wüste Vulgarität eines Hitler oder Alamillo zu beseitigen. Und ließe ich mich gehen, so fände das erregte Gedächtnis gar manches Helle, Freundliche, Verträumte und Liebenswerte in der Vergangenheit – und dann wehe der Gegenwart, denn man kann nicht wissen, wozu ein noch rüstiger alter Mann imstande wäre, krempelte er die Ärmel hoch. Doch genug davon. Geschichte ist mein Fach nicht, also komme ich lieber zum Privaten, damit man mir nicht entgegenhält, was sich Mr. Saskatchewanov von der reizvollsten Figur der heutigen Romanliteratur sagen lassen muß (und was mir von meiner Urenkelin bestätigt wurde, die mehr liest als ich), nämlich daß «jeder Heuschreck an seinem Fleck» bleiben sollte – anstatt einzudringen in die rechtmäßige Domäne anderer «Bremsen und Sommerschmiede».

2

Ich wurde in Paris geboren. Meine Mutter starb, als ich noch ein Kind war, so daß ich mich ihrer nur noch als eines verschwommenen Fleckens köstlicher tränenreicher Wärme gerade jenseits der Grenze ikonographischer Erinnerung entsinne. Mein Vater lehrte Musik und war selber Komponist (ich bewahre noch immer ein altes Programm auf, auf dem sein Name neben dem eines großen Russen steht); er erlebte, daß ich mein Studium beendete, und starb zur Zeit des Südamerikanischen Krieges an einer obskuren Blutkrankheit.

Ich war im siebenten Lebensjahr, als er und ich und die beste Großmutter, mit der ein Kind je gesegnet war, Europa verließen, wo ein degeneriertes Volk der Rasse, der ich angehöre, unsägliche Leiden bereitete. Eine Frau in Portugal gab mir die riesigste Apfelsine, die ich je zu Gesicht bekommen hatte. Vom Heck des Linienschiffes aus bewachten zwei kleine Kanonen seine unheildrohend gewundene Kielspur. Eine Delphinentruppe vollführte feierliche Saltos. Meine Großmutter las mir die Geschichte von einer Seejungfrau vor, der ein Paar Beine gewachsen waren. Die neugierige Brise pflegte an der Lektüre teilzunehmen und die Seiten unsanft umzublättern, um herauszufinden, wie es weiterging. Das ist so ungefähr alles, was ich von der Reise behalten habe.

Bei der Ankunft in New York waren die Raumreisenden gewöhnlich von den altmodischen «Wolkenkratzern» ebenso beeindruckt, wie Zeitreisende es gewesen wären. «Wolkenkratzer» war das falsche Wort, denn ihr Verhältnis zum Himmel war – besonders gegen das ätherische Ende eines Treibhaustages hin – weit entfernt von einer kratzenden Berührung, vielmehr war es unbeschreiblich zart und heiter: Meinen Kinderaugen, die über die weite Parkfläche blickten, welche damals das Stadtzentrum zierte, schienen sie fern und fliederfarben und seltsam unterwasserartig, wenn sie ihre ersten vorsichtigen Lichter unter die Farbe des Sonnenuntergangs mischten und dem Auge mit einer Art träumerischer Freimütigkeit das pulsierende Innere ihres halbdurchsichtigen Baues darboten.

Negerkinder saßen still auf den künstlichen Felsen. Auf den Stämmen der Bäume standen deren lateinische Doppelnamen, genau wie die Fahrer der gedrungenen, prunkvollen, skarabäusartigen Autodroschken (die von mir generisch mit gewissen ebenso prunkvollen automatischen Apparaten in Verbindung gebracht werden, auf deren musikalische Verstopfung der Einwurf einer kleinen Münze wie ein wundertätiges Abführmittel wirkte) auf dem Rücken ihre verjährten Photographien trugen; denn wir lebten im Zeitalter der Identifizierung und Tabellarisierung; wir begriffen die Persönlichkeiten der Menschen und Dinge in Form von Namen und Spitznamen und glaubten nicht an die Existenz von irgend etwas Namenlosem.

In einem immer noch beliebten Stück neueren Datums über das sonderbare Amerika der Fliegenden Vierziger Jahre wird die Rolle des Mixers hinter der Sodabar mit etlichem Glanz und Flitter ausgestattet, aber die Favoris und die gestärkte Hemdenbrust sind absurd anachronistisch, und auch ein so unentwegtes und heftiges Gedrehe der hohen Pilzstühle, wie die Darsteller es vollführen, gab es zu meiner Zeit nicht. Wir nahmen unsere bescheidenen Mixturen (durch Strohhalme, die in Wahrheit viel kürzer waren als die auf der Bühne benutzten) in einer Atmosphäre düsterer Gier zu uns. Ich entsinne mich des seichten Zaubers und der zweitrangigen Poesie der Prozedur; des reichlichen Schaums, der über dem eingesunkenen Klumpen synthetischen Eiskrems entstand, oder des flüssigen braunen Schlamms der Fudge-Sauce, die dem Eis über den polaren Schädel gegossen wurde. Messing-

und Glasoberflächen, die sterilen Spiegelungen elektrischer Lampen, das Surren und Schimmern eines Ventilators in einem Drahtkäfig, ein Weltkriegsplakat, auf dem Onkel Sam und seine Rooseveltschen müden blauen Augen oder ein schmuckes uniformiertes Mädchen mit einer übergroßen Unterlippe zu sehen waren (dieser Schmollmund, diese mürrische Kußfalle, weiblicher Reize vergängliche Mode, 1939 bis 1950), und die unvergeßliche Tonart sich mischender Verkehrsgeräusche, die von der Straße hereindrangen – diese Muster und melodischen Figuren, für deren bewußte Analyse ganz allein die Zeit verantwortlich ist, brachten den *drugstore* irgendwie mit einer Welt in Beziehung, wo Menschen Metalle quälten und die Metalle sich revanchierten.

Ich besuchte eine Schule in New York; dann zogen wir nach Boston; und dann zogen wir noch einmal um. Wir scheinen unseren Wohnsitz dauernd gewechselt zu haben – und einige waren langweiliger als andere; doch wie klein die Stadt auch war, ich konnte sicher sein, eine Werkstatt zu finden, wo Fahrradreifen repariert wurden, einen Laden, wo es Eis gab, und einen Saal, wo man kinematographische Bilder vorführte.

Bergschluchten schienen der Echos beraubt worden zu sein; diese wurden solange einer Spezialbehandlung auf der Grundlage von Honig und Gummi unterzogen, bis ihre kondensierte Sprache mit den Lippenbewegungen der Filmbilder auf der mondweißen Leinwand in einem samtdunklen Saal synchronisiert werden konnte. Mit einem Fausthieb schickte jemand einen Mitmenschen krachend in einen Kistenstapel. Ein Mädchen mit unglaublich glattem Teint hob eine strichförmige Augenbraue an. Eine Tür schlug mit jenem schlecht sitzenden dumpfen Laut zu, der von dem anderen Ufer des Flusses zu uns kommt, wo Holzfäller bei der Arbeit sind.

3

Ich bin auch alt genug, um mich noch an die Personenzüge zu erinnern: Als kleines Kind liebte ich sie heiß; als Knabe wandte ich mich verbesserten Ausgaben der Geschwindigkeit zu. Mit ihren hageren Fenstern und trüben Lichtern poltern sie noch heute manches Mal durch meine Träume. Ihre Farben hätte als die Reife der Entfernung gelten können, als die verschmelzende Folge besiegter Meilen, hätte sie nicht ihren Pflaumenreif an den Kohlenstaub verloren und sich dadurch den Mauern der Fabriken und Elendsquartiere angepaßt, die einer Stadt so sicher vorausgingen wie eine grammatische Regel und ein Tintenklecks dem Erwerb konventionellen Wissens. Zwergenhafte Clownsmützen waren an einem Ende des Wagens aufgestapelt und konnten schwappend das Grottenwasser einer gehorsamen kleinen Fontäne aufnehmen, die bei der Berührung ihr Haupt erhob (und eine durchschneidende Kälte teilte sich den Fingern mit).

Alte Männer, den grauhaarigen Fährleuten noch älterer Märchen gleichend, stimmten periodisch ihre jeweilige «nächste Station» an und kontrollierten die Fahrkarten der Reisenden, unter denen sich, falls die Fahrt von einiger Dauer war, mit Sicherheit eine große Zahl hingefläzter, todmüder Soldaten befand, sowie ein lebendiger, betrunkener Soldat, ungeheuer mobil, den lediglich seine bleiche Gesichtsfarbe mit dem Tod in Beziehung brachte. Er trat immer nur einzeln auf, aber er fehlte nie, eine Kuriosität, ein junges Wesen aus Ton inmitten einer Zeit, die manche hochmodernen Geschichtslehrbücher oberflächlich als die Hamiltonsche Ära bezeichnen – nach dem unbedeutenden Gelehrten, der jener Epoche zu Nutz und Frommen der Gedankenlosen Fasson gab.

Irgendwie brachte es mein brillanter, jedoch unpraktischer Vater nie fertig, sich den akademischen Lebensbedingungen gut genug anzupassen, um längere Zeit an dem oder jenem Ort zu verweilen. Ich sehe sie alle noch vor mir, aber eine Universitätsstadt haftet besonders lebendig in meiner Erinnerung: Ich brauche sie nicht beim Namen zu nennen, wenn ich sage, daß drei Rasenflächen von uns entfernt, in einer kleinen Straße voller Laub, das Haus stand, das heute das Mekka der Nation ist. Ich entsinne mich der sonnenübergossenen Gartenstühle unter dem Apfelbaum, eines hell kupferfarbenen Setters, eines dicken, sommersprossigen Jungen mit einem Buch auf dem Schoß und eines handlich aussehenden Apfels, den ich im Schatten einer Hecke aufgelesen hatte.

Und ich bezweifle, ob die Touristen, die heutzutage die Geburtsstätte des größten Mannes seiner Zeit besuchen und das Stilmobiliar in Augenschein nehmen, welches sich jenseits der Plüschseile geweihter Unsterblichkeit verlegen zusammendrängt, ob diese Leute etwas von dem stolzen Kontakt zur Vergangenheit empfinden, den ich einem Zufall verdanke. Denn was auch geschieht und wie viele Katalogkarten mit den Titeln meiner veröffentlichten Arbeiten von Bibliothekaren auch ausgefüllt werden, für die Nachwelt werde ich der Mann bleiben, der einmal einen Apfel nach Barrett warf.

Jenen, die seit den erschütternden Entdeckungen der siebziger Jahre zur Welt gekommen sind und also keine Flugkörper gesehen haben außer vielleicht einem Drachen oder einem Luftballon (beides ist in verschiedenen Staaten trotz der Artikel, die Dr. de Sutton unlängst über das Thema veröffentlicht hat, noch erlaubt, soviel ich weiß), ihnen dürfte es nicht leicht fallen, sich Flugzeuge vorzustellen, zumal alte Photographien, die jene wunderbaren Maschinen der Luft zeigen, jenes Lebens entbehren, das zu erhalten nur die Kunst imstande gewesen wäre – und seltsamerweise hat kein großer Maler sie je zu einem Gegenstand gemacht, dem er sein Genie mitgeteilt hätte, um so ihr Bild vor dem Verblassen zu bewahren.

Vielen Seiten des Lebens gegenüber, die außerhalb meines wissenschaftlichen Spezialgebietes liegen, nehme ich vermutlich eine altmodische Haltung ein; und möglicherweise erscheint die Persönlichkeit des betagten Mannes, der ich bin, geteilt, wie jene europäischen Städtchen, von denen sich die eine Hälfte in Frankreich und die andere in Rußland befindet. Ich bin mir klar darüber und fahre darum vorsichtig fort. Denn fern liegt mir die Absicht, irgendwelchen Gefühlen der Sehnsucht oder des krankhaften Bedauerns in bezug auf Flugkörper Vorschub zu leisten, auch wenn ich gleichzeitig den romantischen Unterton nicht unterdrücken kann, der in der symphonischen Ganzheit der Vergangenheit, wie ich sie empfinde, enthalten ist.

In jenen fernen Tagen, als kein Fleck auf der Erde weiter als sechzig Flugstunden vom nächstgelegenen Flugplatz entfernt war, kannte ein Junge die Flugzeuge von der Propellerhaube bis zur Trimmklappe am Seitenleitwerk und wußte die einzelnen Arten nicht nur an der Form der Flügelspitze oder dem Vorsprung des Cockpits zu unterscheiden, sondern selbst an der Gestalt der Auspuffflammen in der Dunkelheit, in der Bestimmung der Merkmale solchermaßen mit jenen verrückten Naturdetektiven wetteifernd, den nach-Linnéschen Systematikern. Beim Anblick eines Querschnitts durch Flügel und Rumpf durchzuckte ihn ein schöpferisches Vergnügen, und die Modelle, die er aus Balsa- und Kiefernholz und Heftklammern zusammenbastelte, versetzten ihn bei der Arbeit in eine derartige zunehmende Erregung, daß ihre Vollendung nahezu fade wirkte, als sei der Geist der Sache in dem Augenblick, da sie Gestalt annahm, davongeflogen.

Vollbringung und Wissenschaft, Verhaltung und Kunst – die beiden Paare verkehren nicht miteinander, doch wenn sie sich einmal treffen, wird alles andere auf der Welt gleichgültig. Und so will ich mich denn auf Zehenspitzen hinwegstehlen, indem ich von meiner Kindheit an ihrem charakteristischsten Punkt, in ihrer plastischsten Haltung Abschied nehme: zum Stillstand gebracht von dem tiefen Gebrumm, das in der Höhe vibriert und immer lauter wird, reglos, des bescheidenen Fahrrads nicht achtend, auf dem ich sitze, einen

Fuß auf der Pedale, die Zehen des anderen leicht auf den asphaltierten Boden setzend, Augen, Kinn und Rippen dem entblößten Himmel zugewandt, wo ein Kriegsflugzeug sich mit unirdischer Geschwindigkeit nähert, welche nur durch die Weite seines Mediums gemächlich wirkt, als nach der Unterseite nun die Heckpartie sichtbar wird und Flügel und Brummen sich in der Ferne verlieren. Herrliche Ungeheuer, grandiose Flugmaschinen, sie sind verschwunden, verschwunden wie jener Flug wilder Schwäne, der in einer Frühlingsnacht mit dem mächtigen Rauschen seiner vielen Schwingen über den Knights-See in Maine zog, aus dem Unbekannten ins Unbekannte: Schwäne von einer Art, welche die Wissenschaft niemals bestimmte, niemals zuvor gesehen, niemals seitdem – und nur ein einsamer Stern blieb am Himmel, wie ein Asterisk, der auf eine unauffindbare Fußnote verweist.

Genrebild 1945

Der Zufall will es, daß ich einen nichtswürdigen Namensvetter habe, vollständig vom Spitznamen bis zum Nachnamen, einen Mann, dem ich leibhaftig nie begegnet bin, auf dessen vulgäres Wesen jedoch ich aus seinem mehrmaligen Eindringen in die Burg meines Lebens schließen konnte. Die Verwicklungen begannen in Prag, wohin es mich Mitte der zwanziger Jahre verschlagen hatte. Dort erreichte mich ein Brief von einer kleinen Bibliothek, welche offenbar zu irgendeiner Organisation der Weißen Armee gehörte, die wie ich Rußland verlassen hatte. In gereiztem Ton forderte er mich auf, unverzüglich ein Exemplar der *Protokolle der Weisen von Zion* zurückzugeben. Dieses Buch, dem ehemals der Zar eine sehnsüchtige Wertschätzung entgegengebracht hatte, war eine gefälschte Denkschrift, die ein von der Geheimpolizei bezahlter halbanalphabetischer Gauner aufgesetzt hatte; ihr einziger Zweck war es, Pogromen Vorschub zu leisten. Der Bibliothekar, der «Sinepusow» unterschrieb (ein Familienname, der soviel wie «Blauer Bauch» bedeutet und auf die Vorstellung eines Russen etwa so wirkt wie «Fröstling» auf die eines Deutschen), setzte mir mit Nachdruck auseinander, daß ich «dieses populäre und wertvolle Werk», wie er sich auszudrücken beliebte, über ein Jahr lang behalten hätte. Er bezog sich auf frühere Aufforderungen, die er mir nach Belgrad, Berlin und Brüssel geschickt hatte, Städte, durch die es meinen Namensvetter offenbar geführt hatte.

Ich stellte mir den Kerl als einen jungen, sehr weißen Emigranten von der automatisch reaktionären Sorte vor, dessen Erziehung die Revolution unterbrochen hatte und der die verlorene Zeit nach herkömmlicher Weise wettmachte. Dem Anschein nach war er viel unterwegs; ich war es auch – das einzige, was wir gemein hatten. In Straßburg erkundigte sich eine Russin, ob der Mann, der ihre Nichte in Lüttich geheiratet hatte, mein Bruder wäre. In Nizza suchte mich in meinem Hotel eines schönen Frühlingstages ein Mädchen mit undurchdringlichem Gesicht und langen Ohrringen auf, verlangte mich zu sehen, warf mir einen Blick zu, entschuldigte sich und ging wieder fort. In Paris erhielt ich ein Telegramm folgenden – sprunghaften – Wortlauts: «NE VIENS PAS ALPHONSE DE RETOUR SOUPCONNE SOIS PRUDENT JE T'ADORE ANGOISSEE», und ich gebe zu, die Vorstellung, daß mein leichtlebiger Doppelgänger nun unvermeidlich mit Blumen in der Hand bei Alphonse und seiner Frau hereingeschneit käme, verschaffte mir eine gewisse schadenfrohe Genugtuung. Ein paar Jahre später, als ich in Zürich Vorlesungen hielt, wurde ich plötzlich festgenommen, weil ich drei Spiegel in einem Restaurant zerschlagen haben sollte – eine Art Triptychon, das meinen Namensvetter betrunken (erster Spiegel), sehr betrunken (zweiter Spiegel) und sternhagelvoll zeigte (der dritte). Schließlich weigerte sich im Jahre 1938 ein französischer Konsul grob, meinen zerschlissenen, meergrünen Nansen-Paß zu stempeln, da ich, wie er sagte, schon einmal ohne Erlaubnis in das Land eingereist sei. In dem dicken Aktenbündel, das endlich hervorgeholt wurde, konnte ich einen Blick auf das Gesicht meines Namensvetters werfen. Er hatte einen gestutzten Schnurrbart und einen Bürstenhaarschnitt, der Halunke.

Als ich bald darauf in die Vereinigten Staaten übersiedelte und mich in Boston niederließ, war ich sicher, meinen absurden Schatten abgeschüttelt zu haben. Dann – letzten Monat, um genau zu sein – erhielt ich einen Telephonanruf.

Eine harte und glitzernde Frauenstimme sagte, sie sei Mrs. Sybill Hall, eine nahe Bekannte von Mrs. Sharp, die ihr geschrieben habe, sie solle sich mit mir in Verbindung setzen. Ich kannte eine Mrs. Sharp, und es kam mir nicht in den Sinn, daß sowohl meine Mrs. Sharp als auch ich nicht die Richtigen sein könnten. Mrs. Hall sagte mit ihrer goldenen Stimme, Freitag abend finde in ihrer Wohnung eine kleine Versammlung statt, ob ich nicht kommen wolle, denn nach allem, was sie von mir gehört hätte, sei sie sicher, daß mich die Diskussion bestimmt sehr interessieren würde. Obschon mir alle Arten von Versammlungen ein Greuel sind, lehnte ich nicht ab, geleitet von dem Gedanken, daß eine Ablehnung Mrs. Sharp irgendwie enttäuschen würde, eine nette, alte Dame mit kastanienbraunen langen Hosen und kurzem Haar, die ich am Kap Cod kennengelernt hatte, wo sie mit einer jüngeren Frau ein Ferienhaus teilte; beide Damen sind mittelmäßige

Künstlerinnen mit linken Sympathien, vermögend genug, um ein unabhängiges Leben zu führen, und beide sind sie absolut gutartig.

Eines Mißgeschicks wegen, das nichts mit dem Gegenstand dieses Berichtes zu tun hat, fand ich mich viel später als beabsichtigt in Mrs. Halls Haus ein. Ein uralter Fahrstuhlführer, der eine sonderbare Ähnlichkeit mit Richard Wagner hatte, brachte mich finster hinauf, und Mrs. Halls Dienstmädchen wartete ohne eine Spur von Lächeln mit lose herabhängenden langen Armen, während ich in der Diele meinen Mantel und meine Gummiüberschuhe ablegte. Den innenarchitektonischen Hauptakzent setzte hier eine von jenen möglicherweise sehr alten, bemalten chinesischen Vasen – in diesem Fall ein hohes, gräßliches Unding von kränklicher Farbe –, die mich regelmäßig elend unglücklich machen.

Als ich ein unbehagliches kleines Zimmer durchschritt, das bis zum Rand voll war von Symbolen der «Wohnkultur», wie Reklametexter das nennen, und – theoretisch, denn die Hausgehilfin hatte sich verzogen – in einen großen, freundlichen, bürgerlichen Salon geführt wurde, dämmerte mir langsam, daß dies genau der Ort war, an dem man darauf gefaßt sein mußte, einem alten Esel, der im Kreml Kaviar gespeist hatte, oder einem hölzernen Sowjetrussen vorgestellt zu werden, und daß meine Bekannte, Mrs. Sharp, die arme Seele, der aus irgendeinem Grund immer meine Verachtung für die Parteilinie sowie für den Kommunisten und die Stimme seines Herrn wider den Strich gegangen waren, zu dem Schluß gekommen sein mußte, ein solches Erlebnis würde einen wohltätigen Einfluß auf meinen frevlerischen Geist haben.

Aus einer Gruppe von etwa zwölf Leuten löste sich meine Gastgeberin in Form einer langgliedrigen, flachbrüstigen Frau mit Lippenstift auf ihren vorstehenden Zähnen. Sie stellte mich eilig dem Ehrengast und ihren anderen Gästen vor, und die Diskussion, die meine Ankunft unterbrochen hatte, wurde sofort wiederaufgenommen. Der Ehrengast beantwortete Fragen. Er war ein zerbrechlich aussehender Mann mit glattem dunklem Haar und glänzender Stirn, und die langstielige Lampe neben ihm beleuchtete ihn so hell, daß man die Haarschuppen auf dem Kragen seiner Smokingjacke erkennen und das Weiß seiner verschränkten Hände bewundern konnte, von denen ich die eine unglaublich schlaff und feucht gefunden hatte. Er gehörte zu jenen Männern, deren schwaches Kinn, hohle Wangen und unglücklicher Adamsapfel ein paar Stunden nach dem Rasieren, wenn der bescheidene Puder dünn geworden ist, ein komplexes, von einem blaugrauen Getüpfel überlagertes System von rosa Flecken aufweisen. Er trug einen Siegelring, und aus irgendeinem seltsamen Grund fiel mir eine dunkelhäutige, junge Russin in New York ein, die von der Möglichkeit, für das gehalten zu werden, was sie sich unter einer Jüdin vorstellte, so beunruhigt war, daß sie regelmäßig ein Kreuz um den Hals trug, obwohl sie so wenig Frömmigkeit wie Geist besaß. Der Sprecher sprach ein bemerkenswert fließendes Englisch, doch das harte «dschör» in seiner Aussprache von *«Germany»* und das unablässig wiederkehrende Epitheton *«wonderful»* mit einer verräterisch ausgesprochenen ersten Silbe gaben seine teutonische Herkunft preis. Er war Professor für Deutsch oder Musik oder beides irgendwo im Mittelwesten – oder war es gewesen oder sollte es werden –, aber ich hatte seinen Namen nicht verstanden und werde ihn hier darum Doktor Shoe nennen.

«*Natürlich* war er wahnsinnig!» rief Dr. Shoe als Antwort auf etwas, das ihn eine der Damen gefragt hatte. «Sehen Sie, nur ein Wahnsinniger konnte den Krieg so verpfuschen wie er. Und genau wie Sie hoffe ich, daß er, falls er noch lebend auftaucht, in irgendeinem neutralen Land wohlbehalten in ein Sanatorium gesteckt wird. Er hat es verdient. Es war Wahnsinn, statt einer Invasion Englands Rußland anzugreifen. Es war Wahnsinn, zu glauben, daß der Krieg mit Japan Roosevelt daran hindern würde, sich energisch in die europäischen Angelegenheiten einzuschalten. Der schlimmste Wahnsinnige ist derjenige, der nicht in Betracht zieht, daß auch jemand anders wahnsinnig sein könnte.»

«Man kann sich des Gefühls nicht erwehren», sagte eine dicke kleine Dame, die, glaube ich, Mrs. Mulberry hieß, «daß Tausende von unseren Jungs, die im Pazifik gefallen sind, immer noch am Leben wären, wenn alle die Flugzeuge und Panzer, die wir England und Rußland geliefert haben, zur Vernichtung Japans eingesetzt worden wären.»

«Genau», sagte Dr. Shoe. «Und das war Adolf Hitlers Fehler. Da er wahnsinnig war, hat er es versäumt, mit den Ränken verantwortungsloser Politiker zu rechnen. Da er wahnsinnig war, glaubte er, daß andere Regierungen sich an die Grundsätze der Barmherzigkeit und des gesunden Menschenverstandes halten würden.»

«Ich denke immer an Prometheus», sagte Mrs. Hall, «Prometheus, der das Feuer stahl und dafür von den erzürnten Göttern geblendet wurde.»

Eine alte Dame in hellblauem Kleid, die in einer Ecke saß und strickte, bat Dr. Shoe, zu erklären, warum die Deutschen nicht gegen Hitler rebelliert hätten.

Dr. Shoe senkte einen Augenblick die Lider. «Die Antwort ist eine schreckliche», sagte er mit Anstrengung. «Wie Sie wissen, bin ich selber Deutscher, von reiner bayrischer Abstammung, obwohl ein loyaler Bürger dieses Landes. Dessenungeachtet werde ich etwas ganz Schreckliches über meine früheren Landsleute sagen. Die Deutschen...», wieder waren seine Augen mit den sanften Wimpern halb geschlossen, «die Deutschen sind Träumer.»

Inzwischen war mir natürlich völlig klargeworden, daß Mrs. Halls Mrs. Sharp von meiner Mrs. Sharp ebenso verschieden war wie ich von meinem Namensvetter. Der Alptraum, in den ich geraten war, wäre für ihn vermutlich ein gemütlicher Abend mit verwandten Seelen gewesen und Dr. Shoe ein höchst intelligenter und brillanter *causeur*. Schüchternheit und vielleicht auch eine krankhafte Neugier hinderten mich, das Zimmer zu verlassen. Außerdem stottere ich so sehr, wenn ich mich aufrege, daß jeder Versuch meinerseits, Dr. Shoe zu sagen, was ich von ihm hielt, sich angehört hätte wie die Detonationen eines Motorrads, das sich während einer frostigen Nacht in einer unduldsamen Villenstraße anzuspringen weigert. Ich blickte mich um, in einem Versuch, mich zu überzeugen, daß dies wirkliche Menschen waren und keine Kasperlefiguren.

Keine der Frauen war hübsch; alle hatten die fünfzig erreicht oder überschritten. Alle, dessen durfte man sicher sein, gehörten Buchclubs, Bridgeclubs, Klatschclubs an und der großen, kalten Schwesternschaft eines unentrinnbaren Todes. Alle sahen sie wohlig steril aus. Möglicherweise hatten einige von ihnen Kinder gehabt, aber wie sie dazu gekommen waren, das war jetzt ein vergessenes Geheimnis; viele hatten einen Ersatz für ihre Schöpferkraft in verschiedenen künstlerischen Betätigungen gefunden, zum Beispiel in der Verschönerung von Clubräumen. Als ich einen Blick auf diejenige warf, die mir am nächsten saß, eine angespannt aussehende Dame mit einem Hals voller Sommersprossen, wußte ich, daß sie sich, während sie in Abständen Dr. Shoe ein Ohr lieh, höchstwahrscheinlich Sorgen machte über irgendein Stück Schmuckwerk, welches mit einem gesellschaftlichen Ereignis oder einem Kriegsfest zu tun hatte, dessen genaue Natur ich nicht auszumachen vermochte. Doch ich wußte, wie dringend sie jene zusätzliche Note brauchte. «Irgendwas in der Mitte des Tisches», dachte sie. «Ich brauche etwas, worüber die andern staunen – vielleicht eine große, riesige, gewaltige Schale mit künstlichen Früchten. Nichts aus Wachs natürlich. Irgendwas schön Glattes und Geädertes.»

Es ist äußerst bedauerlich, daß ich mir die Namen der Damen nicht eingeprägt hatte, als ich ihnen vorgestellt wurde. Zwei gertenschlanke, auswechselbare alte Jungfern auf harten Stühlen trugen Namen, die mit W anfingen, und von den andern hieß eine bestimmt Miss Bissing. Das hatte ich deutlich gehört, auch wenn ich den Namen später mit keinem bestimmten Gesicht oder gesichtsähnlichen Gegenstand in Verbindung bringen konnte. Außer mir und Dr. Shoe war nur noch ein einziger Mann anwesend. Er war, wie sich herausstellte, ein Landsmann von mir, ein Oberst Malikow oder Melnikow; in Mrs. Halls Aussprache hatte es mehr wie Milwaukee geklungen. Während einige bläßliche alkoholfreie Drinks herumgereicht wurden, beugte er sich mit einem ledern knirschenden Geräusch vor, als trüge er einen Harnisch unter seinem schäbigen blauen Anzug, und teilte mir in einem heiseren russischen Flüstern mit, er habe die Ehre gehabt, meinen geschätzten Onkel zu kennen, den ich mir sogleich als einen rotwangigen, aber ungenießbaren Apfel am Stammbaum meines Namensvetters vorstellte. Dr. Shoe jedoch wurde von neuem beredt, und der Oberst richtete sich auf, entblößte in seinem dahinschwindenden Lächeln einen lädierten gelben Fangzahn und versprach mir mit Hilfe diskreter Handbewegungen, daß wir uns später richtig unterhalten würden.

«Die Tragödie Deutschlands», sagte Dr. Shoe, indes er die Papierserviette, mit der er seine schmalen Lippen abgewischt hatte, sorgsam faltete, «ist auch die Tragödie des gebildeten Amerikas. Ich habe vor zahlreichen Frauenclubs und anderen Kulturzentren gesprochen und überall festgestellt, wie sehr dieser Krieg in Europa, der jetzt gnädig zu Ende gegangen ist, allen kultivierten, sensiblen Seelen zuwider war. Desgleichen habe ich festgestellt, wie gern sich kultivierte Amerikaner in ihrer Erinnerung glücklicheren Tagen zuwenden, ihren Reiseerlebnissen im Ausland, einem unvergeßlichen Monat oder noch unvergeßlicheren Jahr, dereinst zugebracht in dem Land der Kunst, der Musik, der Philosophie und der Gemütlichkeit. Sie gedenken der teuren Freunde, die sie dort hatten, der lehrreichen und lauschigen Tage am Busen einer adligen deutschen Familie, der unübertrefflichen Sauberkeit allerorten, der Lieder zur Abendstunde, mit denen ein herrlicher Tag zur Neige ging, der wundersamen Städtchen und jener ganzen freundlichen und romantischen Welt, die sie in München oder Dresden vorgefunden hatten.»

«Mein Dresden gibt es nicht mehr», sagte Mrs. Mulberry. «Unsere Bomben haben es zerstört und alles, was es bedeutete.»

«Britische Bomben in diesem Fall», sagte Dr. Shoe milde. «Doch natürlich, Krieg ist Krieg, obschon ich gestehe, daß es schwerfällt, sich vorzustellen, wie deutsche Bomber sich mutwillig eine geheiligte historische Stätte in Pennsylvania oder Virginia als Ziel aussuchen. O ja, Krieg ist etwas Schreckliches. Er wird sogar fast unerträglich schrecklich, wenn er zwei Völkern aufgezwungen wird, die so viel gemein haben. Es mag Ihnen paradox erscheinen, aber wirklich, wenn man der in Europa hingemordeten Soldaten gedenkt, so sagt man sich, daß ihnen zumindest die schrecklichen Skrupel erspart geblieben sind, die wir Zivilisten schweigend erdulden müssen.»

«Ich finde das sehr richtig», bemerkte Mrs. Hall und nickte bedächtig.

«Was ist mit diesen Geschichten?» fragte eine

strickende alte Dame. «Diese Geschichten über deutsche Greueltaten, die immer wieder in den Zeitungen stehen. Ich nehme an, es handelt sich meist um Propaganda?»

Ein müdes Lächeln ging über Dr. Shoes Gesicht. «Auf diese Frage war ich gefaßt», sagte er mit einem Anflug von Trauer in seiner Stimme. «Unglückseligerweise gehören Propaganda, Übertreibung, gefälschte Photos und so weiter zu den Mitteln moderner Kriegführung. Ich wäre gar nicht erstaunt, wenn die Deutschen selber Geschichten über Greueltaten erfunden hätten, die amerikanische Truppen an der unschuldigen Zivilbevölkerung begangen haben sollen. Denken Sie nur an den ganzen Unsinn, der im Ersten Weltkrieg über die sogenannten deutschen Kriegsgreuel in die Welt gesetzt wurde – diese furchtbaren Märchen von verführten belgischen Frauen und so weiter. Nun denn, gleich nach Kriegsschluß, im Sommer 1920, wenn ich nicht irre, stellte ein Sonderausschuß deutscher Demokraten eine gründliche Untersuchung der ganzen Sache an, und wir wissen alle, wie pedantisch gründlich und genau deutsche Fachleute sein können. Sie fanden aber auch nicht den allergeringsten Beweis dafür, daß sich die Deutschen nicht wie Soldaten und Gentlemen aufgeführt hätten.»

Eine Miss G. bemerkte ironisch, Auslandskorrespondenten müßten sich eben ihre Brötchen verdienen. Ihre Bemerkung war witzig. Allen gefiel diese ihre ironische und witzige Bemerkung.

«Andererseits», fuhr Dr. Shoe fort, als sich die kleinen Gelächterwellchen gelegt hatten, «wollen wir einen

Augenblick die Propaganda vergessen und uns den langweiligen Tatsachen zuwenden. Gestatten Sie mir, daß ich Ihnen ein kleines Bild der Vergangenheit entwerfe, eine recht traurige Miniatur, aber vielleicht eine notwendige. Ich möchte Sie bitten, sich vorzustellen, wie deutsche Jungen stolz in eine von ihnen eroberte polnische oder russische Stadt einmarschieren. Singend und im gleichen Tritt. Sie wußten nicht, daß ihr Führer wahnsinnig war; unschuldigen Herzens glaubten sie, daß sie der gefallenen Stadt Hoffnung und Glück und wunderbare Ordnung brachten. Sie konnten nicht ahnen, daß ihre Eroberung dank der folgenden Irrtümer und Fehleinschätzungen Adolf Hitlers dazu führen würde, daß der Feind ein brennendes Schlachtfeld aus eben jenen Städten machte, denen sie, diese deutschen Jungs, den ewigen Frieden zu bringen glaubten. Während sie in ihrem prächtigen Staat, mit all ihrem wunderbaren Kriegsgerät und ihren Bannern durch die Straßen marschierten, lächelten sie allem und jedem zu, denn sie waren rührend gutgesinnt und wohlmeinend. In der Unschuld ihres Herzens erwarteten sie die gleiche freundliche Haltung von der Bevölkerung. Dann allmählich wurde ihnen klar, daß die Straßen, durch die sie so knabenhaft, so vertrauensvoll marschierten, gesäumt waren von schweigenden und reglosen jüdischen Massen, die sie voller Haß anstierten und jeden vorbeigehenden Soldaten beleidigten, nicht etwa durch Worte – dazu waren die zu klug –, sondern durch finstere Blicke und schlechtverhehlten Hohn.»

«Ich kenne diesen Blick», sprach Mrs. Hall ingrimmig.

«Aber *sie* kannten sie nicht», sagte Dr. Shoe wehmütig. «Das war der springende Punkt. Sie standen vor einem Rätsel. Sie begriffen nicht, und sie fühlten sich verletzt. Was machten sie also? Zunächst versuchten sie, gegen diesen Haß mit geduldigen Erklärungen und kleinen Zeichen der Freundschaft anzukämpfen. Aber die Mauer des Hasses, die sie umgab, wurde nur noch stärker. Schließlich sahen sie sich gezwungen, die Anführer jenes bösartigen und arroganten Bundes in Haft zu nehmen. Was sonst hätten sie tun können?»

«Ich kenne einen alten russischen Juden», sagte Mrs. Mulberry. «Na, bloß ein Geschäftsfreund von meinem Mann. Also der gestand mir einmal, daß er mit Vergnügen den ersten besten deutschen Soldaten mit eigenen Händen erwürgen würde, der ihm in den Weg käme. Ich war so schockiert, daß ich nur dastand und nicht wußte, was ich ihm antworten sollte.»

«Ich hätte es gewußt», sagte eine korpulente Frau, die mit weit gespreizten Knien dasaß. «Wirklich, es ist viel zu oft die Rede davon, daß die Deutschen gestraft werden müßten. Auch sie sind schließlich Menschen. Und jeder fühlende Mensch wird mit Ihnen darin einig sein, daß sie nicht für diese sogenannten Greuel verantwortlich waren, von denen die meisten wohl sowieso von den Juden erfunden wurden. Ich werde jedesmal wütend, wenn ich die Leute immer noch von Verbrennungsöfen und Folterkammern labern höre, welche, wenn es sie überhaupt gab, höchstens von ein paar Leuten in Gang gehalten wurden, die genauso wahnsinnig waren wie Hitler.»

«Tja, ich glaube, man muß Verständnis aufbringen»,

sagte Dr. Shoe mit seinem unmöglichen Lächeln, «und die Ausgeburten der lebhaften semitischen Phantasie in Rechnung stellen, welche die amerikanische Presse beherrscht. Und man muß auch im Gedächtnis behalten, daß es viele rein sanitäre Maßnahmen gab, die die ordnungsliebenden deutschen Truppen ergreifen mußten, um mit den Leichen der Alten fertig zu werden, die im Lager verstorben waren, und um in manchen Fällen die Opfer der Typhusepidemien zu beseitigen. Ich selber bin ganz frei von Rassevorurteilen, und ich kann nicht einsehen, was diese uralten Rasseprobleme mit der Haltung zu tun haben sollen, die wir Deutschland gegenüber einzunehmen haben, jetzt, wo es kapituliert hat. Besonders, wenn ich daran denke, wie die Briten in ihren Kolonien die Eingeborenen behandeln.»

«Oder wie die jüdischen Bolschewiken das russische Volk behandelt haben – eijeijei!» bemerkte Oberst Melnikow.

«Was heute nicht mehr der Fall ist, nicht wahr?» fragte Mrs. Hall.

«Nein, nein», sagte der Oberst. «Das große russische Volk ist erwacht, und mein Land hat seine alte Größe zurück. Wir hatten drei große Führer. Wir hatten Iwan, den seine Feinde den Schrecklichen nannten, dann hatten wir Peter den Großen, und jetzt haben wir Josef Stalin. Ich bin ein weißer Russe und habe in der Kaiserlichen Garde gedient, aber ich bin auch ein russischer Patriot und ein russischer Christ. In jedem Wort, das heute aus Rußland herausdringt, verspüre ich die Macht, verspüre ich die Pracht des alten Mütterchens Rußland. Es ist wieder ein Land der Soldaten, der Religion und der echten Slawen. Ich weiß auch, daß keinem Deutschen ein Härchen gespalten wurde, als die Rote Armee deutsche Städte besetzte.»

«Gespalten?» fragte Mrs. Hall.

«Ja», sagte der Oberst. «Keinem Deutschen wurde der Schädel gespalten.»

«Alle bewundern wir Ihre Landsleute», sagte Mrs. Mulberry. «Aber was, wenn sich der Kommunismus nach Deutschland ausbreitet?»

«Wenn mir hier ein Einwurf verstattet ist», sagte Dr. Shoe, «dann möchte ich darauf aufmerksam machen, daß es kein Deutschland geben wird, wenn wir nicht Obacht geben. Das Hauptproblem, dem sich unser Volk gegenüber sehen wird, ist, die Sieger daran zu hindern, die Deutschen zu versklaven und die Jungen und Gesunden, die Lahmen und Alten – Intellektuelle wie Zivilpersonen – wie Zuchthäusler zur Zwangsarbeit in die unermeßlichen Weiten des Ostens zu deportieren. Das verstieße gegen sämtliche Grundsätze der Demokratie und des Krieges. Wenn Sie mir erwidern, die Deutschen hätten es ja genauso mit den von ihnen besiegten Völkern gemacht, so möchte ich Ihnen dreierlei ins Gedächtnis rufen: erstens, daß der deutsche Staat keine Demokratie war und man von ihm darum auch kein demokratisches Verhalten erwarten konnte; zweitens, daß die meisten, wenn nicht alle sogenannten ‹Sklaven› freiwillig gekommen sind; und drittens – und das ist das Wichtigste –, daß sie reichlich Essen und Kleidung bekamen und in einer zivilisierten Umgebung lebten, wie sie die Deutschen, bei all unserer natürlich vorhandenen Begeisterung für die ungeheure Bevölkerung und Geographie Rußlands, im Land der Sowjets kaum finden würden.»

«Auch dürfen wir nicht vergessen», fuhr Dr. Shoe mit einer dramatischen Hebung der Stimme fort, «daß der Nationalsozialismus in Wirklichkeit keine deutsche, sondern eine ausländische Organisation war, die das deutsche Volk tyrannisierte. Adolf Hitler war Österreicher, Ley Jude, Rosenberg halb Franzose, halb Tatar. Die deutsche Nation hat ebenso unter diesem fremden Joch gelitten wie andere europäische Länder unter den Auswirkungen des Krieges, der auf ihrem Boden ausgetragen wurde. Den Zivilisten, die nicht nur verstümmelt und getötet wurden, sondern deren teures Hab und Gut und herrliche Wohnungen von Bomben ausgelöscht wurden – ihnen ist es egal, ob diese Bomben von einem deutschen oder alliierten Flugzeug abgeworfen wurden. Deutsche, Österreicher, Italiener, Rumänen, Griechen und alle anderen Völker Europas sind heute Angehörige einer einzigen tragischen Bruderschaft, Elend und Hoffnung haben sie gleich gemacht, alle sollten sie gleich behandelt werden, und die Aufgabe, die Schuldigen zu finden und zu richten, die sollten wir künftigen Historikern überlassen, unvoreingenommenen alten Gelehrten in den unvergänglichen Zentren europäischer Kultur, an den erhabenen Universitäten von Heidelberg, Bonn, Jena, Leipzig und München. Der europäische Phönix möge seine Adlerfittiche wieder ausbreiten, und *God bless America*.»

Eine ehrerbietige Pause trat ein, während deren Dr. Shoe bebend eine Zigarette entzündete, und darauf bat ihn Mrs. Hall, die Handflächen in einer reizenden, mädchenhaften Geste gegeneinandergelegt, die Zusammenkunft mit etwas schöner Musik zu krönen. Er seufzte, stand auf, trat mir im Vorbeigehen auf den Fuß, berührte mein Knie entschuldigend mit den Fingerspitzen, setzte sich vor das Klavier, senkte den Kopf und verharrte mehrere hörbar stille Sekunden lang reglos. Dann legte er langsam und sehr behutsam seine Zigarette auf einen Aschenbecher, nahm den Aschenbecher vom Klavier, legte ihn in Mrs. Halls hilfreiche Hände und senkte wiederum den Kopf. Schließlich sagte er leicht gerührt: «Zuerst spiele ich die amerikanische Nationalhymne.»

In dem Bewußtsein, daß dies mehr war, als ich ertragen konnte – ja, an einem Punkt angelangt, wo ich Brechreiz zu fühlen begann –, stand ich auf und verließ eilends den Raum. Als ich mich dem Schrank näherte, in dem ich das Dienstmädchen meine Sachen verstauen gesehen hatte, holte mich Mrs. Hall zusammen mit einer Woge Musik ein.

«Müssen Sie gehen?» fragte sie. «Wirklich schon?»

Ich fand meinen Mantel, ließ den Bügel fallen und stampfte in meine Überschuhe.

«Entweder sind Sie Mörder oder Schwachköpfe», sagte ich, «oder beides, und dieser Kerl ist ein dreckiger deutscher Agent.»

Wie schon erwähnt, leide ich in entscheidenden Augenblicken an einem schlimmen Stottern, und darum kam der Satz nicht so glatt heraus wie auf dem Papier. Aber er tat seine Wirkung. Bevor sie sich fassen und mir antworten konnte, hatte ich die Tür hinter mir zugeschlagen und trug meinen Mantel nach unten, wie man ein Kind aus einem brennenden Haus trägt. Ich war schon auf der Straße, als ich merkte, daß der Hut, den ich aufzusetzen im Begriffe stand, mir nicht gehörte.

Es war ein abgetragener weicher Filzhut von einem dunkleren Grau als meiner und mit einer schmaleren Krempe. Er war für einen kleineren Kopf bestimmt. Innen fand sich ein Etikett mit der Aufschrift «Werner Bros. Chicago», und es roch nach der Haarbürste und dem Haarwasser eines Fremden. Oberst Melnikow, der kahl war wie eine Kegelkugel, konnte der Eigentümer nicht sein, und ich nahm an, daß Mrs. Halls Ehemann entweder tot war oder seine Hüte an einem anderen Ort aufbewahrte. Es war widerwärtig, dieses Ding mit mir herumzutragen, doch die Nacht war regnerisch und kalt, und so benutzte ich es als eine Art rudimentären Regenschirm. Kaum zu Hause, machte ich mich daran, einen Brief an das F.B.I. zu schreiben, kam aber nicht sehr weit. Meine Unfähigkeit, Namen zu verstehen und zu behalten, beeinträchtigte erheblich die Qualität dessen, was ich mitzuteilen wünschte, und da ich meine Anwesenheit bei der Versammlung zu erklären hatte, mußten eine Menge diffuse und unbestimmt verdächtige Dinge über meinen Namensvetter mit hineingebracht werden. Am schimmsten war, daß die ganze Angelegenheit ein traumhaftes, groteskes Aussehen annahm, sobald sie in allen Einzelheiten geschildert wurde, während ich doch tatsächlich nur zu sagen hatte, daß jemand aus dem Mittelwesten, von dem ich noch nicht einmal Namen und Anschrift wußte, vor einer Gruppe alberner alter Frauen in einer Privatwohnung mit Sympathie vom deutschen Volk gesprochen hatte. Ja, wenn ich berücksichtigte, daß gewisse bekannte Kolumnisten in ihren Artikeln ständig die gleiche Sympathie zum Ausdruck brachten, konnte die ganze Sache schließlich durchaus legal sein.

Früh am nächsten Morgen klingelte es, und als ich die Tür öffnete, stand Dr. Shoe da, barhaupt, in einem Regenmantel, und bot mir mit einem vorsichtigen halben Lächeln auf seinem rosablauen Gesicht meinen Hut dar. Ich nahm ihn und murmelte ein Dankeschön. Er hielt es für eine Aufforderung, näher zu treten. Ich konnte mich nicht entsinnen, wo ich seinen Filzhut hingetan hatte, und die fieberhafte Suche, die ich mehr oder weniger in seiner Gegenwart veranstalten mußte, wurde bald lächerlich.

«Also hören Sie», sagte ich, «ich schicke, ich sende, ich liefere Ihnen diesen Hut, wenn ich ihn finde, oder sonst kriegen Sie einen Scheck.»

«Aber ich reise heute nachmittag ab», sagte er sanft, «und außerdem wäre es mir lieb, wenn Sie mir die sonderbare Bemerkung erklären könnten, die Sie gestern meiner lieben Freundin Mrs. Hall gegenüber gemacht haben.»

Er wartete geduldig, während ich ihm so säuberlich wie möglich zu sagen versuchte, daß die Polizei, die Behörden ihr das auseinandersetzen würden.

«Sie scheinen nicht zu begreifen», sagte er endlich. «Mrs. Hall ist eine sehr bekannte Dame der Gesellschaft und hat viele Beziehungen zu offiziellen Kreisen. Gott sei Dank leben wir in einem großen Land, wo jeder seine private Meinung sagen kann, ohne dafür beleidigt zu werden.»

Ich sagte, er solle machen, daß er fortkomme.

Als mein Gestotter ganz zu Ende gegangen war, sagte er: «Ich gehe, aber bitte denken Sie daran, in diesem Land...», und er drohte mir, nach deutscher Art, scherzhaft von der Seite her mit dem gekrümmten Zeigefinger.

Bevor ich mich noch entscheiden konnte, wo mein Schlag ihn treffen sollte, war er hinausgeschlüpft. Ich zitterte am ganzen Körper. Mein Gebrechen, das ich zeitweilig als spaßig und auf subtile Art sogar als angenehm empfunden hatte, kam mir jetzt entsetzlich und gemein vor. Plötzlich erblickte ich Dr. Shoes Hut auf einem Stapel alter Zeitschriften unter einem Telephontischchen im Flur. Ich stürzte zu einem der Vorderfenster, öffnete es, und als Dr. Shoe vier Etagen tiefer heraustrat, schleuderte ich den Hut in seine Richtung. Er beschrieb eine Parabel und machte in der Mitte der Straße eine Bauchlandung. Dann schlug er einen Purzelbaum, verfehlte eine Pfütze um ein paar Zentimeter und blieb erstaunt liegen, die falsche Seite nach oben gekehrt. Ohne heraufzublicken, dankte Dr. Shoe mit einer Handbewegung, hob den Hut auf, überzeugte sich, daß er nicht zu schmutzig war, setzte ihn auf und schritt mit forsch wackelndem Hinterteil davon. Ich habe mich oft gefragt, wie ein dünner Deutscher es immer fertigbringt, in einem Regenmantel so gesäßlastig auszusehen.

Es bleibt nur zu berichten, daß ich eine Woche später einen Brief erhielt, dessen eigentümliches Russisch in der Übersetzung kaum gebührend gewürdigt werden kann.

«Geschätzter Herr», lautete er. «Sie haben mich mein Leben lang verfolgt. Gute Freunde haben sich von mir abgewandt, nachdem sie Ihre Bücher gelesen hatten, da sie mich für den Urheber jener entarteten, dekadenten Schriften hielten. 1941 und noch einmal 1943 nahmen mich die Deutschen in Frankreich für Dinge fest, die ich weder geäußert noch gedacht hatte. Nicht damit zufrieden, mir in anderen Ländern alle möglichen Scherereien bereitet zu haben, bringen Sie jetzt in Amerika die Arroganz auf, sich für mich auszugeben und angetrunken im Haus einer weithin geachteten Persönlichkeit in Erscheinung zu treten. Solches gedenke ich nicht zu dulden. Ich könnte Sie als Hochstapler einsperren und brandmarken lassen, aber ich nehme an, das wäre Ihnen wenig angenehm, und so schlage ich vor, daß Sie mir als Entschädigung...»

Der Betrag, den er verlangte, war in der Tat sehr bescheiden.

Zeichen und Symbole

1

Zum viertenmal in ebenso vielen Jahren standen sie vor dem Problem, was sie einem jungen Mann, dessen Geist unheilbar verwirrt war, zum Geburtstag schenken sollten. Er hatte keine Wünsche. Von Menschenhand geschaffene Gegenstände waren für ihn entweder Bienenstöcke des Bösen, vibrierend von einer gehässigen, nur ihm wahrnehmbaren Geschäftigkeit, oder plumpe Annehmlichkeiten, für die er in seiner abstrakten Welt keine Verwendung wußte. Nachdem sie eine Anzahl von Gegenständen ausgeschlossen hatten, die ihn kränken oder erschrecken konnten (alle technischen Geräte zum Beispiel waren tabu), wählten seine Eltern eine hübsche und harmlose Kleinigkeit: ein Körbchen mit zehn verschiedenen Fruchtgelees in zehn kleinen Gläsern.

Als er geboren wurde, waren sie schon lange Zeit verheiratet; zwei Jahrzehnte verstrichen, und nun waren sie ziemlich alt. Ihr stumpfes graues Haar war nachlässig frisiert. Sie trug billige schwarze Kleider. Im Gegensatz zu anderen Frauen ihres Alters (wie etwa Mrs. Sol von nebenan, deren Gesicht von Schminke ganz rosig und malvenfarben und deren Hut ein Büschel Wiesenblümchen war) bot sie dem kritischen Licht der Frühlingstage ein nacktes weißes Angesicht. Ihr Mann, in der alten Heimat ein einigermaßen erfolgreicher Geschäftsmann, war nun ganz von seinem Bruder Isaac abhängig, einem echten Amerikaner, der schon fast vierzig Jahre hier drüben war. Sie sahen ihn selten und hatten ihm den Spitznamen «der Fürst» gegeben.

An diesem Freitag schlug alles fehl. Der Untergrundbahn ging zwischen zwei Stationen der Lebensstrom aus, und eine Viertelstunde lang hörte man nur das pflichtgetreue Schlagen des eigenen Herzens und das Rascheln von Zeitungen. Der Bus, mit dem sie anschließend fahren mußten, ließ eine Ewigkeit auf sich warten; und als er endlich kam, war er mit laut schnatternden Schulkindern vollgestopft. Es goß in Strömen, als sie den braunen Pfad zum Sanatorium hinaufgingen. Dort warteten sie wieder; und statt ihres Jungen, der gewöhnlich ins Zimmer geschlurft kam (das arme Gesicht voller Pusteln, schlecht rasiert, mürrisch und verwirrt), erschien endlich eine Krankenschwester, die sie kannten, aber nicht besonders mochten, und erklärte unbekümmert, daß er wieder versucht habe, sich das Leben zu nehmen. Es gehe ihm ganz gut, sagte sie, aber ein Besuch könne ihn aufregen. Das Haus war so unzulänglich mit Personal versehen, und Gegenstände wurden so leicht verlegt oder verwechselt, daß sie beschlossen, ihr Geburtstagsgeschenk nicht im Büro zu hinterlassen, sondern es ihm besser das nächste Mal mitzubringen.

Sie wartete, bis ihr Mann den Schirm aufgespannt

hatte, und nahm dann seinen Arm. Er räusperte sich ständig auf eine besonders geräuschvolle Weise, wie immer, wenn er erregt war. Sie erreichten das Wartehäuschen der Bushaltestelle auf der anderen Straßenseite, und er klappte den Regenschirm zu. Ein paar Meter weiter, unter einem windgeschüttelten, tropfenden Baum, zuckte ein winziger, halbtoter, noch nicht flügger Vogel hilflos in einer Pfütze.

Während der langen Fahrt zur U-Bahnstation wechselten sie und ihr Mann kein Wort; und jedesmal, wenn sie einen Blick auf seine alten Hände warf (geschwollene Adern, braunfleckige Haut), die zuckend den Griff des Schirmes umschlossen hielten, fühlte sie den Druck aufsteigender Tränen. Als sie um sich blickte und versuchte, ihre Gedanken an irgendeinen Gegenstand zu heften, nahm sie mit leichter Erschütterung – einer Mischung von Mitleid und Verwunderung – wahr, daß eine der Mitfahrenden, ein Mädchen mit dunklem Haar und ungepflegten roten Zehennägeln, an der Schulter einer älteren Frau weinte. Wem sah diese Frau bloß ähnlich? Sie ähnelte Rebecca Borisowna, deren Tochter einen Solowejtschik geheiratet hatte – in Minsk, viele Jahre war es her.

Als er es das letzte Mal versucht hatte, war sein Verfahren nach den Worten des Arztes ein erfinderisches Meisterstück gewesen; es wäre ihm gelungen, hätte nicht ein neidischer Mitpatient geglaubt, er wolle fliegen lernen, und ihn zurückgehalten. In Wirklichkeit hatte er versucht, ein Loch in seine Welt zu reißen und zu entkommen.

Das System seiner Wahnvorstellungen war Gegenstand einer umständlichen Abhandlung in einer wissenschaftlichen Monatsschrift, aber sie und ihr Mann hatten es sich schon lange vorher selber zusammengereimt. «Beziehungswahn» hatte Hermann Brink es genannt. In diesen sehr seltenen Fällen bildet sich der Patient ein, alles, was um ihn her geschieht, stehe in verschleierter Beziehung zu seiner Person und seiner Existenz. Wirkliche, lebende Personen schließt er von der Verschwörung aus, weil er sich für viel intelligenter hält als andere. Die Welt der Naturerscheinungen beschattet ihn, wohin er auch geht. Die Wolken am starrenden Himmel übermitteln einander durch langsame Zeichen unglaublich genaue Auskünfte über ihn. Seine geheimsten Gedanken werden bei Einbruch der Nacht von dunkel gestikulierenden Bäumen in ihrem Fingeralphabet diskutiert. Kiesel oder Flecken oder Sonnenkringel bilden Muster, die auf furchterregende Weise Mitteilungen darstellen, und er muß sie abfangen. Alles ist Chiffre, und er ist der Gegenstand von allem. Einige der Spione sind kühle Beobachter, wie etwa Glasflächen und stille Teiche; andere, zum Beispiel Mäntel in Schaufenstern, sind voreingenommene Zeugen, im Herzen Lynchmörder; andere wieder (fließendes Wasser, Stürme) sind hysterisch bis zum Wahnsinn, haben eine verzerrte Vorstellung von ihm und mißdeuten seine Handlungen auf groteske Weise. Er muß ständig auf der Hut sein und jede Minute und jeden Modul seines Lebens dazu benutzen, die Schwingungen der Dinge zu entziffern. Sogar die Luft, die er ausatmet, wird klassifiziert und weggeheftet. Wenn das Interesse, das er erregt, doch wenigstens auf seine nächste Umgebung beschränkt bliebe – aber ach, das bleibt es nicht! Mit der Entfernung nehmen die Sturzbäche übler Nachrede an Lautstärke und Geschwätzigkeit zu. Die Silhouetten seiner Blutkörperchen flitzen, millionenfach vergrößert, über unermeßliche Ebenen; und in noch größerer Ferne fassen riesige Berge von unerträglicher Massivität und Höhe die letzte Wahrheit seines Seins in Gestalt von Granit und ächzenden Tannen zusammen.

2

Als sie aus dem Donner und der verdorbenen Luft der Untergrundbahn wieder auftauchten, mischten sich letzte Reste von Tageslicht mit den Straßenlichtern. Sie wollte noch etwas Fisch zum Abendessen kaufen, darum gab sie ihm das Körbchen mit den Geleegläsern und sagte ihm, er solle heimgehen. Er stieg bis in den dritten Stock hinauf, und dann fiel ihm ein, daß er ihr im Laufe des Tages die Schlüssel gegeben hatte.

Schweigend setzte er sich auf die Stufe, und schweigend stand er wieder auf, als sie zehn Minuten später kam, sich mühsam die Treppe heraufschleppte, schwach lächelte und über ihre eigene Dummheit mißbilligend den Kopf schüttelte. Sie betraten ihre Zweizimmerwohnung, und er ging sofort zum Spiegel. Mit den Daumen zog er die Mundwinkel auseinander, nahm mit einer schrecklichen, maskenartigen Grimasse sein neues, hoffnungslos unbequemes Gebiß heraus und entfernte die langen Speichelfäden, die ihn damit verbanden. Er las seine russische Zeitung, während sie den Tisch deckte. Noch immer lesend, aß er die faden Lebensmittel, zu denen er keine Zähne brauchte. Sie kannte seine Launen und schwieg wie er.

Als er zu Bett gegangen war, blieb sie noch im Wohnzimmer sitzen, mit ihrem Stoß schmutziger Karten und ihren alten Alben. Auf der anderen Seite des engen Hofes, wo der Regen im Dunkel auf ein paar zerbeulte Mülltonnen prasselte, waren die Fenster mild erleuchtet, und durch eines von ihnen konnte man einen Mann in schwarzen Hosen mit erhobenen nackten Ellbogen ausgestreckt auf einem zerwühlten Bett liegen sehen. Sie zog das Rollo herunter und betrachtete die Photographien. Als Säugling sah er erstaunter aus als andere Säuglinge. Aus den Seiten des Albums fiel ein deutsches Dienstmädchen, das sie in Leipzig gehabt hatten, und ihr fettgesichtiger Verlobter. Minsk, die Revolution, Leipzig, Berlin, Leipzig, die schiefe, sehr unscharfe Vorderansicht eines Hauses. Vier Jahre alt, in einem Park: schwermütig, scheu, mit gerunzelter Stirn, den Blick von einem munteren Eichhörnchen abwendend, wie er ihn von jedem Fremden abwandte. Tante Rosa, eine umständliche, ungelenke, wild dreinblickende alte Dame, die in einer angsterfüllten Welt voller Hiobsbotschaften, Bankrotte, Zugunglücke und Krebsgeschwüre gelebt hatte – bis die Deutschen sie ums Leben brachten, zusammen mit all den Menschen, um die sie sich gesorgt hatte. Sechs Jahre – das war die Zeit, als er wundersame Vögel zeichnete, mit menschlichen Händen und Füßen, und in der er an Schlaflosigkeit litt wie ein erwachsener Mann. Sein Vetter, heute ein berühmter Schachspieler. Und wieder er, etwa acht Jahre alt, schon schwer zu verstehen, voller Angst vor der Tapete im Flur, voller Angst vor einem bestimmten Bild in einem Buch, das einfach eine idyllische Landschaft darstellte, mit Felsblöcken an einem Berghang und einem alten Wagenrad, das am Ast eines kahlen Baumes hing. Zehn Jahre alt: das Jahr, in dem sie Europa verließen. Die Scham, das Mitleid, die demütigenden Schwierigkeiten, die häßlichen, gemeinen, zurückgebliebenen Kinder, mit denen er in dieser Hilfsschule war. Und dann kam eine Zeit in seinem Leben, die mit einer langen Rekonvaleszenz nach einer Lungenentzündung zusammenfiel, als diese kleinen Phobien, die seine Eltern starrsinnig als Exzentrizitäten eines außerordentlich begabten Kindes angesehen hatten, sich zu einem undurchdringlichen Gewirr von logisch aufeinander einwirkenden Wahnvorstellungen verdichteten, die ihn dem normalen Verstand völlig unzugänglich machten.

Dies und noch viel mehr nahm sie hin – denn schließlich bedeutete Leben, eine Freude nach der anderen zu verlieren, nicht einmal Freuden in ihrem Fall, sondern bloße Möglichkeiten einer Besserung. Sie dachte an die endlosen Wogen des Schmerzes, die ihr Mann und sie aus welchem Grund auch immer ertragen mußten; an die unsichtbaren Riesen, die ihren Jungen so unvorstellbar quälten; an das unabschätzbare Maß von Zärtlichkeit, das in der Welt enthalten ist; an das Schicksal dieser Zärtlichkeit, die entweder zerdrückt oder verschwendet oder in Wahnsinn verwandelt wird; an vernachlässigte Kinder, die in schmutzigen Winkeln vor sich hin summen; an schöne wilde Pflanzen, die sich vor dem Bauern nicht verstecken können und hilflos zusehen müssen, wie sein Schatten, affenartig vornübergebeugt, verstümmelte Blumen in den Fußstapfen zurückläßt, da die ungeheuerliche Dunkelheit naht.

3

Es war Mitternacht vorbei, als sie vom Wohnzimmer aus ihren Mann stöhnen hörte; schon taumelte er herein, über dem Nachthemd den alten Mantel mit dem Astrachankragen, den er seinem schönen blauen Bademantel bei weitem vorzog.

«Ich kann nicht schlafen», klagte er.

«Warum?» fragte sie. «Warum kannst du nicht schlafen? Du warst so müde.»

«Ich kann nicht schlafen, weil ich sterbe», sagte er und legte sich auf die Couch.

«Ist es dein Magen? Soll ich Dr. Solov anrufen?»

«Keine Ärzte, keine Ärzte», stöhnte er. «Zum Teufel mit den Ärzten! Wir müssen ihn da schleunigst herausholen. Sonst haben wir die Verantwortung. Die Verantwortung!» wiederholte er, setzte sich mit einem Ruck auf, beide Füße auf dem Boden, und schlug sich mit der geballten Faust an die Stirn.

«Schon gut», sagte sie ruhig, «wir werden ihn morgen früh nach Hause holen.»

«Ich möchte einen Tee», sagte ihr Mann und zog sich ins Badezimmer zurück. Sie bückte sich mühsam und hob ein paar Spielkarten und eine Photographie auf oder zwei, die von der Couch auf den Boden gefallen waren: Herz-Bube, Pik-Neun, Pik-As. Elsa und ihr bestialischer Beau.

Er kam in Hochstimmung zurück und sagte laut: «Ich habe mir schon alles überlegt. Wir geben ihm das Schlafzimmer. Jeder von uns kann einen Teil der Nacht bei ihm verbringen und den anderen Teil hier auf der Couch. Abwechselnd. Wir lassen mindestens zweimal in der Woche den Arzt kommen. Ganz gleich, was der Fürst dazu sagt. Er wird ohnehin nicht viel dagegen einzuwenden haben, weil es auf die Dauer billiger ist.»

Das Telephon läutete. Für ihr Telephon war es eine ungewöhnliche Zeit. Sein linker Hausschuh war ihm vom Fuß gerutscht, und er angelte mit Ferse und Zeh danach, während er mitten im Zimmer stand und kindisch und zahnlos seine Frau angaffte. Da sie mehr Englisch konnte als er, nahm sie die Telephongespräche an.

«Kann ich Charlie sprechen?» fragte die matte, kleine Stimme eines Mädchens.

«Welche Nummer wollen Sie? Nein. Das ist nicht die richtige Nummer.»

Der Hörer wurde sanft aufgelegt. Ihre Hand fühlte nach ihrem alten, müden Herzen.

«Ich habe einen Schreck bekommen», sagte sie.

Er lächelte flüchtig und nahm seinen erregten Monolog sofort wieder auf. Sie würden ihn holen, sobald der Tag anbrach. Die Messer würde man in einer Schublade verschlossen halten. Selbst im schlimmsten Zustand bedeutete er keine Gefahr für andere.

Das Telephon läutete zum zweitenmal. Die gleiche tonlose, besorgte junge Stimme fragte nach Charlie.

«Sie haben die falsche Nummer. Ich werde Ihnen sagen, was Sie machen: Sie wählen den Buchstaben O statt der Null.»

Sie setzten sich zu ihrem unerwarteten, festlichen Mitternachtstee nieder. Das Geburtstagsgeschenk stand auf dem Tisch. Er schlürfte geräuschvoll; sein Gesicht war gerötet; hin und wieder hob er das Glas und machte eine Kreisbewegung, damit der Zucker sich besser auflöse. Deutlich zeichnete sich an der Seite seines kahlen Schädels, dort, wo sich ein großes Muttermal befand, eine vorspringende Ader ab, und obwohl er sich am Morgen rasiert hatte, bedeckte ein silbriger Stoppelbart sein Kinn. Während sie ihm ein zweites Glas Tee eingoß, setzte er die Brille auf und betrachtete noch einmal mit Vergnügen die leuchtenden gelben, grünen, roten kleinen Geleegläser. Seine ungeschickten feuchten Lippen buchstabierten die beredsamen Schildchen: Aprikosen, Trauben, Schlehen, Quitten. Er war bei Holzapfel, als das Telephon aufs neue läutete.

Erste Liebe

1

In den ersten Jahren dieses Jahrhunderts stand im Schaufenster eines Reisebüros auf dem Newskij-Prospekt das meterlange Modell eines eichenbraunen internationalen Schlafwagens. In seiner zierlichen Naturgetreuheit stellte es das bemalte Blech meiner Aufzieheisenbahnen völlig in den Schatten. Unglücklicherweise war es nicht verkäuflich. Im Innern konnte man die blaue Polsterung erkennen, die bossierte Lederverkleidung der Abteilwände, ihre polierte Holztäfelung, eingelassene Spiegel, tulpenförmige Leselampen und andere betörende Einzelheiten. Breite Fenster wechselten mit schmaleren, die einzeln oder paarweise angeordnet waren, und einige von den schmaleren hatten Milchglasscheiben. In mehreren Abteilen waren die Betten gemacht.

Der Nord-Express, in jenen Tagen noch groß und herrlich (nach dem Ersten Weltkrieg war er nie wieder der gleiche), bestand ausschließlich aus solchen Wagen, verkehrte nur zweimal die Woche und verband Petersburg mit Paris. Ich hätte gesagt: direkt mit Paris, wären die Reisenden nicht genötigt gewesen, einmal in einen ihm oberflächlich gleichenden Zug umzusteigen – an der russisch-deutschen Grenze (Wershbolowo-Eydtkuhnen), wo die normale europäische Spurweite von 1 m 435 mm die breite und behäbige russische von 1 m 524 mm ablöste und Kohle an die Stelle der Birkenscheite trat.

Am anderen Ende meines Geistes vermag ich mindestens fünf solcher Reisen nach Paris, deren endgültiges Ziel die Riviera oder Biarritz war, aus einem Knäuel zu lösen. Im Jahre 1909, das ich jetzt herausgreifen möchte, waren meine beiden kleinen Schwestern in der Obhut der Kindermädchen und Tanten zu Hause geblieben. Mit Handschuhen und einer Reisemütze saß mein Vater in einem Abteil, das er mit unserem Hauslehrer teilte, und las ein Buch. Ein Waschraum trennte sie von meinem Bruder und mir. Meine Mutter und ihr Mädchen hatten ein Abteil neben unserem. Der Ungerade unserer Reisegesellschaft, Ossip, der Diener meines Vaters (den die pedantischen Bolschewisten zehn Jahre später erschießen sollten, weil er sich unsere Fahrräder angeeignet hatte, statt sie dem Volk zu überlassen), teilte sein Coupé mit einem Fremden.

Im April jenes Jahres hatte Peary den Nordpol erreicht. Im Mai hatte Schaljapin in Paris gesungen. Im Juni hatte das Kriegsministerium der Vereinigten Staaten, beunruhigt von Gerüchten über neue und bessere Zeppeline, Reportern gegenüber etwas von Plänen für eine Luftflotte verlauten lassen. Im Juli war Blériot von Calais nach Dover geflogen (mit einer kleinen zusätzlichen Schleife, als er seine Richtung verlor). Jetzt war es Ende August. Die Tannen und Sümpfe Nordwestrußlands flogen vorüber und wichen am Tag danach den Kiefern, dem Sand und der Heide Deutschlands.

An einem herabklappbaren Tischchen spielten meine Mutter und ich ein Kartenspiel, das sich *duratschki* nannte. Obwohl es noch hell am Tage war, spiegelten sich im Fenster unsere Karten, ein Glas und auf einer anderen Ebene die Kofferschlösser. Durch Feld und Wald, in plötzlichen Hohlwegen und unter enteilenden Hütten spielten jene körperlosen Hasardeure unentwegt um unentwegt funkelnde Einsätze.

«*Ne budet-li, ty wed ustal* (hast du nicht genug, du bist doch müde)?» fragte meine Mutter und versank in Gedanken, während sie langsam die Karten mischte. Die Abteiltür stand offen, und ich konnte das Gangfenster sehen, wo die Drähte – sechs dünne schwarze Drähte – ihr Bestes taten, um anzusteigen, um sich himmelwärts zu schwingen, den blitzartigen Schlägen zum Trotz, die ihnen ein Telegraphenmast nach dem anderen versetzte; doch gerade, wenn alle sechs in einem triumphalen Aufschwung rührender Begeisterung im Begriff standen, den oberen Rand des Fensters zu erreichen, holte ein besonders tückischer Schlag sie auf ihre vormalige Tiefe herunter, und sie mußten von vorn anfangen.

Wenn der Zug auf Reisen wie dieser durch irgendeine große deutsche Stadt kam, seine Geschwindigkeit zu einem würdigen Paßgang minderte und Hausfassaden und Ladenschilder um ein Haar streifte, fühlte ich eine zweifache Erregung, wie sie mir die Zielbahnhöfe nie verschaffen konnten. Ich sah eine Stadt mit ihren Spielzeugstraßenbahnen, Linden und Ziegelmauern ins Abteil dringen, mit den Spiegeln schäkern und die Fenster auf der Seite des Ganges bis zum Rand füllen. Diese zwanglose Berührung von Zug und Stadt machte den einen Teil des Reizes aus. Der andere bestand darin, daß ich mich an die Stelle irgendeines Passanten versetzte, der – so stellte ich mir vor – ebenso entzückt war, wie ich es an seiner Stelle gewesen wäre, die langen, romantischen, nußbraunen Wagen mit ihren fledermausflügelschwarzen Harmonikas und ihren in der niedrigstehenden Sonne kupfern glänzenden Metallaufschriften gemächlich eine Eisenbahnbrücke, die über eine alltägliche Hauptstraße führte, überqueren und dann mit aufblitzenden Fenstern um einen letzten Häuserblock entschwinden zu sehen.

Diese optischen Amalgamierungen hatten auch ihre Kehrseiten. Der breitfenstrige Speisewagen, eine Allee keuscher Mineralwasserflaschen, mitraartig gefalteter Servietten und bunter Schokoladentafelattrappen (deren Hüllen – Cailler, Kohler und so weiter – nichts als Holz enthielten), schien nach den schwankenden blauen Gängen zunächst ein kühles Refugium; aber während die Mahlzeit auf ihr verhängnisvolles letztes Gericht zuging, ertappte man den Wagen immer wieder dabei, daß er mitsamt seinen taumelnden Kellnern rücksichtslos in die Landschaft gestoßen wurde, die ihrerseits eine komplizierte Folge von Bewegungen durchlief – ein Tagmond hielt beharrlich Schritt mit dem Teller, die fernen Wiesen öffneten sich wie Fächer, die nahen Bäume flogen auf unsichtbaren Schaukeln an den Bahndamm heran, ein Parallelgleis beging unversehens Selbstmord durch Anastomosis, und eine Böschung blinzelnden Grases stieg und stieg und stieg, bis der kleine Zeuge durcheinandergeratener Geschwindigkeiten seine Portion *omelette aux confitures de fraises* wieder von sich geben mußte.

Nachts jedoch wurde die *Compagnie Internationale des Wagon-Lits et des Grands Express Européens* dem Zauber ihres Namens erst wirklich gerecht. Von meinem Bett unter der Koje meines Bruders aus (schlief er? war er überhaupt da?) beobachtete ich im Halbdunkel unseres Abteils, wie sich Gegenstände und Teile von Gegenständen und Schatten und Stücke von Schatten behutsam hin und her bewegten, ohne irgendwohin zu gelangen. Leise knarrte und ächzte die Holztäfelung. Ein undeutliches Kleidungsstück an einem Haken und die Quaste einer blauen, doppelschaligen Nachtlampe schwangen neben der Tür zur Toilette im Takt hin und her. Es war schwer, eine Beziehung zwischen diesen zögernden Annäherungen, dieser verkappten Heimlichkeit und der ungestüm vorüberrauschenden Nacht draußen herzustellen, von der ich nur wußte, daß sie tatsächlich vorüberrauschte – funkengestreift und unlesbar.

Wenn ich einschlafen wollte, brauchte ich mir nur vorzustellen, ich sei der Lokomotivführer. Ein Gefühl schläfrigen Wohlbehagens durchströmte meine Adern, sobald ich alles wohlgeordnet wußte – die sorglosen Reisenden in ihren Abteilen waren die Fahrt zufrieden, die sie mir verdankten, sie rauchten, lächelten einander wissend zu, nickten und dösten; die Kellner und Köche und Schaffner (die ich irgendwo unterbringen mußte) veranstalteten im Speisewagen ein Trinkgelage; und ich selber starrte rußig und mit einer Schutzbrille vor den Augen aus dem Lokführerstand auf die spitz zulaufenden Gleise, auf den rubinroten oder smaragdgrünen Punkt in der schwarzen Ferne. Und im Schlaf dann erblickte ich etwas ganz anderes – eine Glasmurmel, die unter einen Konzertflügel rollte, oder eine Spielzeuglokomotive, die auf der Seite lag und deren Räder sich munter weiterdrehten.

Manchmal, wenn der Zug seine Geschwindigkeit drosselte, wurde der Strom meines Schlafs unterbrochen. Langsame Lichter stolzierten vorüber; jedes lugte im Vorbeigehen in denselben Spalt, und ein leuchtender Zirkel maß die Schatten. Kurz darauf hielt der Zug mit einem langgezogenen Westinghouseschen Seufzer. Irgend etwas (die Brille meines Bruders, wie sich am nächsten Tag herausstellte) fiel von oben herunter. Es war wunderbar aufregend, zum Fußende des Bettes zu kriechen, wobei man die Hälfte des Bettzeugs hinter sich her zerrte, um vorsichtig den Haken des Fenstervorhangs zu lösen, den man nur bis zur Hälfte des Fensters hochschieben konnte, da ihm die Kante des oberen Bettes im Wege war.

Wie die Monde um den Jupiter kreisten bleiche Nachtfalter um eine einsame Lampe. Auf einer Bank regte sich eine zergliederte Zeitung. Irgendwo im Zug konnte man gedämpfte Stimmen und ein behagliches Husten hören. Das Stück Bahnsteig vor mir war nicht besonders interessant, und dennoch konnte ich mich nicht von ihm losreißen, bis es sich von selbst zurückzog.

Am nächsten Morgen sagten mir mißgestaltete Weiden, die einen radialen Graben säumten, oder eine ferne Pappelreihe, durch die sich ein milchig-weißer Nebelstreifen zog, daß der Zug durch Belgien zuckelte. Um vier Uhr nachmittags war er in Paris, und selbst wenn wir nur eine Nacht dort blieben, hatte ich immer Zeit, mir irgend etwas zu kaufen – einen kleinen, ziemlich unordentlich mit Silberfarbe bemalten Eiffelturm aus Messing zum Beispiel –, bevor wir am folgenden Mittag in den Süd-Express stiegen, der uns auf seinem Weg nach Madrid um zehn Uhr vormittags auf dem Bahnhof Biarritz-La Négresse absetzte, einige Kilometer vor der spanischen Grenze.

2

Biarritz hatte seine Eigenart in jenen Tagen noch bewahrt. Staubige Brombeersträucher und *terrains à vendre* voller Unkraut säumten die Straße, die zu unserer Villa führte. Das Carlton-Hotel war noch im Bau. Etwa sechsunddreißig Jahre mußten noch verstreichen, bis Brigadegeneral Samuel McCroskey das königliche Appartement des Hôtel du Palais bezog, eines Gebäudes, das auf dem Grundstück eines früheren Palastes steht, wo man in den sechziger Jahren jenes unerhört wendige Medium, Daniel Home, dabei überrascht haben soll, wie er mit seinem bloßen Fuß (in Nachahmung einer Geisterhand) das gütige, vertrauensvolle Gesicht der Kaiserin Eugénie streichelte. Auf der Promenade am Casino steckte eine ältliche Blumenfrau mit Kohleaugenbrauen und einem angemalten Lächeln die dicke

Wulst einer Nelke behende in das Knopfloch eines angehaltenen Spaziergängers, dessen linke Wange sich noch königlicher faltete, wenn er auf die Blume hinunterschielte, die ihm da gewandt angesteckt wurde.

Auf dem hinteren Teil der *plage* standen die verschiedensten Strandstühle und -hocker, und auf ihnen saßen die Eltern der Kinder, die Strohhüte trugen und vorne im Sand spielten. Mich zum Beispiel konnte man auf den Knien mit dem Versuch beschäftigt sehen, einen gefundenen Kamm mit Hilfe eines Brennglases in Brand zu setzen. Die Männer hatten weiße Hosen an, die für heutige Begriffe aussähen, als seien sie in der Wäsche lächerlich eingelaufen; die Damen trugen in jener Saison leichte Mäntel mit Seidenaufschlägen, Hüte mit großem Kopf und weitem Rand, dicht bestickte weiße Schleier, Blusen mit Brustkrausen, Krausen an den Handgelenken, Krausen an den Sonnenschirmen. Die Brise machte einem die Lippen salzig. Mit gewaltiger Geschwindigkeit flatterte ein verirrter goldorangenfarbener Schmetterling über den wimmelnden Strand.

Für weitere Bewegung und weiteren Lärm sorgten die Verkäufer, die *cacahuètes*, kandierte Veilchen, himmlisch grünes Pistazieneis, Cachous und riesige, konvexe Stücke einer trockenen, sandsteinartigen Masse aus einem roten Faß feilboten. Mit einer Klarheit, die keine späteren Erinnerungsüberlagerungen getrübt haben, sehe ich den Waffelmann mit dem schweren Faß auf dem gebeugten Rücken durch den tiefen, mehligen Sand waten. Wenn man ihn rief, streifte er es mit einer Drehung des Gurtes von der Schulter, knallte es auf den Sand, wo es wie der schiefe Turm von Pisa zu stehen kam, wischte sich das Gesicht mit dem Ärmel und setzte eine Art Wahlvorrichtung mit einem Pfeil und Zahlen auf dem Faßdeckel in Bewegung. Der Pfeil scharrte und schwirrte im Kreis herum. Fortuna war es überlassen, die Größe einer Waffel zu bestimmen, die man für einen Sou bekam. Je größer das Stück, desto mehr tat er mir leid.

Die Badeprozedur spielte sich an einem anderen Teil des Strandes ab. Berufsmäßige Bademeister, stämmige Basken in schwarzen Badeanzügen, waren zur Stelle, um den Damen und Kindern behilflich zu sein, sich der Schrecken der Brandung zu erfreuen. Ein solcher *baigneur* stellte einen mit dem Rücken zur heranrollenden Welle und hielt einen an der Hand, wenn der steigende, wirbelnde Schwall schäumenden grünen Wassers von hinten auf einen niederging und den Füßen mit einem mächtigen Schlag den Halt nahm. Nach einem Dutzend derartiger Stürze führte der *baigneur*, selber glänzend wie ein Seehund, seinen keuchenden, fröstelnden, feucht schnüffelnden Schützling landwärts zum flachen Strand, wo eine unvergeßliche alte Frau mit grauen Haaren auf dem Kinn einem unverzüglich einen Bademantel von mehreren aussuchte, die dort an einer Wäscheleine hingen. In der Sicherheit einer kleinen Kabine half einem ein weiterer Wärter, sich des triefenden, vom Sand schweren Badeanzugs zu entledigen. Er klatschte auf die Bretter, und immer noch zitternd vor Kälte trat man aus ihm heraus und trampelte auf seinen diffusen bläulichen Streifen herum. Die Badekabine roch nach Fichtenholz. Der Wärter, ein Buckliger mit vergnügt strahlenden Runzeln, brachte eine Schüssel dampfend heißen Wassers, in die man die Füße tauchte. Von ihm erfuhr ich etwas, das ich seitdem in einer gläsernen Zelle meines Gedächtnisses verwahre – daß Schmetterling in der baskischen Sprache *misericoletea* heißt – oder zumindest klang es so (unter den sieben Wörtern, die ich in Wörterbüchern gefunden habe, kommt *micheletea* ihm noch am nächsten).

3

Auf dem brauneren und nasseren Teil der *plage*, der bei Ebbe den besten Schlamm lieferte, um Burgen damit zu bauen, geschah es, daß ich eines Tages Seite an Seite mit einem kleinen französischen Mädchen namens Colette buddelte.

Sie wurde zehn im November, ich war im April zehn geworden. Ich wies auf ein zackiges violettes Muschelstückchen hin, auf das sie mit der bloßen Sohle ihres schmalen, langzehigen Fußes getreten war. Nein, ich war kein Engländer. Ihre grünlichen Augen schienen mit dem Überschuß der Sommersprossen gesprenkelt, die die scharfen Züge ihres Gesichts bedeckten. Sie trug, was man heute einen Spielanzug nennen würde, ein blaues Trikothemd mit aufgekrempelten Ärmeln und kurze blaue Strickhosen. Ich hatte sie zunächst für einen Jungen gehalten, aber dann hatten mich das Armband um ihr schmales Handgelenk und die braunen Korkenzieherlocken, die unter ihrer Matrosenmütze hervorhingen, stutzig gemacht.

Ihre Sprache war ein jähes, vogelartiges, schnelles

Gezwitscher, in dem sich Gouvernantenenglisch und Pariser Französisch vermengten. Zwei Jahre zuvor war ich auf dem gleichen Strand dem liebreizenden, sonnengebräunten Töchterchen eines serbischen Arztes zugetan gewesen; doch als ich Colette kennenlernte, wurde mir sogleich klar, daß dies jetzt das Richtige war. Colette schien mir soviel fremdartiger als meine anderen zufälligen Spielgefährten in Biarritz. Irgendwie gewann ich den Eindruck, daß sie weniger glücklich war als ich, daß man ihr weniger Liebe entgegenbrachte. Ein blauer Fleck auf ihrem zarten, flaumigen Unterarm gab zu schrecklichen Vermutungen Anlaß. «Er kneift genau so doll wie Mammi», sagte sie und meinte einen Krebs. Ich entwarf verschiedene Pläne, um sie vor ihren Eltern in Sicherheit zu bringen, die *«des bourgeois de Paris»* waren, wie irgend jemand in meinem Beisein mit einem leichten Achselzucken zu meiner Mutter bemerkt hatte. Ich deutete mir die Geringschätzung auf meine Art, da ich wußte, daß diese Leute die ganze Strecke von Paris in ihrer gelb-blauen Limousine gekommen waren (ein mondänes Abenteuer in jener Zeit), Colette jedoch schäbigerweise in Begleitung ihres Hundes und ihrer Gouvernante mit dem Personenzug geschickt hatten. Der Hund war ein weiblicher Foxterrier mit Schellen am Halsband und einem höchst wedligen Hinterteil. Aus lauter Übermut leckte er Salzwasser aus Colettes Spielzeugeimer. Ich erinnere mich an das Segel, den Sonnenuntergang und den Leuchtturm, die auf diesem Eimer abgebildet waren, aber mir will der Name des Hundes nicht einfallen, und das läßt mir keine Ruhe.

Während unseres zweimonatigen Aufenthalts in Biarritz übertraf meine Liebe zu Colette beinahe meine Schmetterlingsleidenschaft. Da meine Eltern keinen Wert darauf legten, mit den ihren zusammenzutreffen, sah ich sie nur am Strand; doch unablässig waren meine Gedanken bei ihr. Wenn ich feststellte, daß sie geweint hatte, fühlte ich einen hilflosen Schmerz in mir aufwallen, der mir Tränen in die Augen trieb. Ich konnte die Mücken nicht umbringen, die ihren zarten schmalen Hals zerstochen hatten, aber ich konnte mich mit einem rothaarigen Jungen prügeln (und ich tat's), der ruppig zu ihr gewesen war. Sie pflegte mir warme Hände voller harter Bonbons zu geben. Eines Tages, als wir uns zusammen über einen Seestern beugten und ihre Ringellocken mein Ohr kitzelten, drehte sie sich plötzlich zu mir um und drückte mir einen Kuß auf die Wange. Meine Bewegung war so groß, daß mir keine andere Antwort einfiel als: «Du Äffchen.»

Ich besaß eine Goldmünze, die ich ausreichend glaubte für unsere Flucht. Wohin wollte ich sie entführen? Nach Spanien? Amerika? In die Berge oberhalb Pau? *«Là-bas, là-bas, dans la montagne»*, wie ich Carmen in der Oper singen gehört hatte. In einer merkwürdigen Nacht lag ich wach, lauschte auf das regelmäßige dumpfe Rauschen des Ozeans und schmiedete den Plan für die Flucht. Der Ozean schien sich in der Dunkelheit zu erheben, umherzutasten und dann schwer auf sein Gesicht zu fallen.

Von unserer eigentlichen Flucht habe ich wenig zu berichten. In meiner Erinnerung sehe ich, wie sie sich auf der Leeseite eines flatternden Zeltes gehorsam Leinenschuhe mit Hanfsohlen anzieht, dieweil ich ein zusammenklappbares Schmetterlingsnetz in eine braune Papiertüte stopfe. Als nächstes sehe ich, wie wir, um der Verfolgung zu entgehen, ein stockdunkles Kino in der Nähe des Casinos betreten (das uns selbstverständlich absolut verboten war). Dort saßen wir, reichten uns über den Hund hinweg, der auf Colettes Schoß hin und wieder ein leises Geklingel hören ließ, die Hände, und betrachteten uns einen zittrigen, verregneten, aber höchst aufregenden Stierkampf in San Sebastián. Endlich sehe ich noch, wie ich von meinem Lehrer die Promenade entlanggeführt werde. Seine langen Beine schreiten unheilverkündend forsch aus, und ich kann erkennen, wie sich die Muskeln seiner grimmig verzogenen Kinnbacken unter der straffen Haut bewegen. Mein bebrillter neunjähriger Bruder, den er an der anderen Hand hält, geht hin und wieder ein Stück voraus, um wie eine kleine Eule mit entsetzter Neugier zu mir herüberzublicken.

Unter den trivialen Andenken, die ich vor der Abreise in Biarritz erwarb, sind mir weder der kleine Stier aus schwarzem Stein noch die tönende Muschel die liebsten, sondern etwas, das mir heute fast symbolisch vorkommt – ein Federhalter aus Meerschaum mit einem winzigen kristallenen Guckloch an seinem verzierten Ende. Man hielt es ganz dicht vor das Auge, kniff das andere zu, und wenn einem dann auch die eigenen flimmernden Wimpern nicht mehr im Wege waren, erblickte man im Innern eine wunderbare photographische Ansicht der Bucht und der Klippenreihe, die mit einem Leuchtturm endete.

Und jetzt geschieht etwas Herrliches. Indem ich mir jenen Federhalter und den Mikrokosmos in seiner kleinen Öffnung wieder vorstelle, wird mein Gedächtnis zu einer letzten Anstrengung angespornt. Noch einmal versuche ich, mich an den Namen von Colettes Hund zu erinnern – und wirklich, er kommt, er kommt, jene fernen Ufer entlang, über die leuchtenden Abendsände der Vergangenheit, wo sich jeder Fußtapfen langsam mit Sonnenuntergangswasser füllt, widerhallend und tremolierend: Floss, Floss, Floss!

Colette war wieder in Paris, als wir unsere Heimreise dort für einen Tag unterbrachen; und eben dort sah ich sie (dank einer Übereinkunft unserer Erzieher, glaube ich) in einem rehbraunen Park unter einem kalten blauen Himmel zum letzten Male. Sie trug einen Reifen und einen kurzen Stock, um ihn vor sich herzutreiben, und alles an ihr war außerordentlich adrett und elegant, war herbstliche, pariserische *tenue-de-ville-pour-fillettes*. Von ihrer Gouvernante nahm sie ein Abschiedsgeschenk entgegen, das sie meinem Bruder in die Hand steckte, eine Schachtel Mandeldragees, die – das wußte ich – ganz allein für mich bestimmt waren; und schon war sie wieder fort, trieb mit leichten Schlägen ihren schimmernden Reifen durch Licht und Schatten und immer im Kreis um einen von welken Blättern verstopften Springbrunnen, neben dem ich stand. Das Laub vermengt sich in meiner Erinnerung mit dem Leder ihrer Schuhe und Handschuhe, und irgendeine Einzelheit ihrer Kleidung (vielleicht ein Band an ihrer Schottenmütze oder das Muster ihrer Strümpfe) erinnerte mich, soviel weiß ich noch, an die Regenbogenspirale in einer Glasmurmel. Immer noch scheine ich jenes schimmernde Wölkchen zu halten, ungewiß, wohin damit, während sie mit ihrem Reifen schneller und schneller um mich herumwirbelt und sich endlich zwischen den schlanken Schatten auflöst, die von den verschlungenen Bögen eines niedrigen Schleifenzaunes auf den Kiesweg geworfen werden.

Szenen aus dem Leben eines Doppelungeheuers

Vor einigen Jahren stellte Dr. Fricke Lloyd und mir eine Frage, die ich jetzt zu beantworten suchen werde. Mit einem träumerischen Lächeln wissenschaftlichen Wohlgefallens streichelte er das fleischige Knorpelband, das uns verbindet – *omphalopagus diaphragmo-xiphodidymus*, wie Pancoast einen ähnlichen Fall bezeichnet hat –, und fragte, ob wir uns erinnern könnten, wie einem von uns oder beiden die Besonderheit unseres Zustands oder Schicksals zum allerersten Mal klarwurde. Alles, woran Lloyd sich erinnern konnte, war die Angewohnheit unseres Großvaters Ibrahim (oder Ahim oder Ahem – für das heutige Ohr verdrießliche Klumpen toter Laute!), anzufassen, was der Arzt anfaßte, und es eine goldene Brücke zu nennen. Ich sagte nichts.

Unsere Kindheit wurde auf einem fruchtbaren Hügel über dem Schwarzen Meer verbracht, auf dem Bauernhof unseres Großvaters in der Nähe von Karas. Seine jüngste Tochter, die Rose des Ostens, des grauen Ahems Perle (in diesem Fall hätte der alte Schurke besser auf sie aufpassen können), war in einem Obstgarten am Straßenrand von unserem anonymen Erzeuger vergewaltigt worden und bald nach unserer Geburt gestorben – vor lauter Grauen und Kummer, stelle ich mir vor. Eine Sorte von Gerüchten nannte einen ungarischen Hausierer; eine andere gab einem deutschen Vogelfänger den Vorzug oder irgendeinem Mitglied seiner Expedition – seinem Taxidermisten höchstwahrscheinlich. Brünette Tanten mit schweren Halsketten, deren weite Kleidung nach Rosenöl und Schaffleisch roch, widmeten sich mit ghulenhaftem Eifer den Bedürfnissen unserer monströsen Kindheit.

Bald hatte sich die erstaunliche Kunde in den kleinen Nachbardörfern herumgesprochen, und diese begannen, verschiedene neugierige Fremde auf unseren Hof zu entsenden. An Feiertagen konnte man sie sich gleich Pilgern auf bunten Bildern die Hänge unseres Berges heraufmühen sehen. Da kamen ein über zwei Meter großer Schäfer, ein kleiner Glatzkopf mit einer Brille, Soldaten und die länger werdenden Schatten der Zypressen. Auch Kinder kamen zu jeder Zeit und wurden von unseren argwöhnischen Pflegerinnen fortgejagt; aber fast jeden Tag gelang es irgendeinem kleinen Bengel mit schwarzen Augen und kurzgeschnittenem Haar in ausgeblichenen, dunkel geflickten blauen Hosen, durch das Gestrüpp aus Hartriegel, Heckenkirsche und verflochtenen Judasbäumen hindurch in den kopfsteingepflasterten Hof mit seinem träufelnden Springbrunnen zu kriechen, wo die beiden Kleinen, Lloyd und Floyd (wir trugen damals andere Namen voller krächzender Aspirata – aber gleichviel), ruhig dasaßen und zu Füßen einer weißgetünchten Mauer getrocknete Aprikosen kauten. Dann plötzlich erblickte das H ein I, die römische Zwei eine Eins, die Schere ein Messer.

Natürlich läßt sich die Wucht der Erkenntnis, so

beunruhigend sie auch gewesen sein mag, nicht mit dem Schock vergleichen, den meine Mutter empfing (welche saubere Freude bedeutet übrigens dieser absichtliche Gebrauch der possessiven Einzahl!). Sie muß gemerkt haben, daß sie von Zwillingen entbunden wurde; doch als sie erfuhr, daß die Zwillinge zusammengewachsen waren, wie sie es ohne Zweifel erfuhr – was empfand sie da? Bei jenen ungehemmten, unwissenden, leidenschaftlich mitteilsamen Leuten, die um uns waren, muß der überaus redselige Haushalt jenseits ihres zerwühlten Bettes ihr gewiß auf der Stelle zu verstehen gegeben haben, daß etwas Furchtbares passiert war; und es kann kein Zweifel daran bestehen, daß ihre Schwestern, außer sich vor Furcht und Mitleid, ihr das doppelte Baby zeigten. Ich behaupte nicht, daß eine Mutter ein solches Doppelwesen nicht lieben und über dieser Liebe den dunklen Tau seines unseligen Ursprungs vergessen könne; ich glaube nur, daß diese Mischung aus Abscheu, Mitgefühl und Mutterliebe, die sie empfand, zuviel für sie war. Beide Komponenten des gedoppelten Produkts vor ihrem starren Blick waren gesund und hübsch, hatten einen seidigen blonden Flaum auf ihren violett-rosa Köpfen und wohlgeformte gummiartige Arme und Beine, die sich wie die vielen Gliedmaßen eines wunderbaren Seetiers bewegten. Jeder für sich war durchaus normal, doch zusammen bildeten sie ein Ungeheuer. Tatsächlich ist es sonderbar, sich zu vergegenwärtigen, daß das Vorhandensein eines bloßen Gewebebandes, eines Fleischlappens, der nicht größer ist als die Leber eines Lammes, imstande ist, Freude, Stolz, Zärtlichkeit, Bewunderung und Dankbarkeit gegenüber Gott in Entsetzen und Verzweiflung zu verwandeln.

Was uns anging, so war alles viel einfacher. Die Erwachsenen waren in jeder Hinsicht zu verschieden von uns, um irgendeinen Vergleich zuzulassen, aber unser erster gleichaltriger Besucher war für mich eine gelinde Offenbarung. Während Lloyd das vom Schrecken gepackte sieben- oder achtjährige Kind ungerührt betrachtete, das unter einem buckligen und ebenfalls spähenden Feigenbaum zu uns herüberspähte, wußte ich, wie ich mich erinnere, den wesentlichen Unterschied zwischen dem Neuankömmling und mir voll und ganz zu würdigen. Er warf einen kurzen blauen Schatten auf den Boden, ich auch; doch zusätzlich zu diesem skizzenhaften, flachen und veränderlichen Begleiter, den er und ich der Sonne verdankten und der bei trübem Wetter verschwand, besaß ich noch einen anderen Schatten, eine handgreifliche Spiegelung meines körperlichen Ichs, die ich zu meiner Linken ständig bei mir führte, wohingegen mein Besucher die seine irgendwie verloren oder losgehakt und zu Hause gelassen hatte. Lloyd und Floyd, zusammengewachsen, waren vollständig und normal; er war weder das eine noch das andere.

Doch um diese Sache so gründlich aufzuklären, wie sie es verdient, sollte ich vielleicht etwas von noch früheren Erinnerungen sagen. Wenn nicht die heutigen Gefühle jene der Vergangenheit verunreinigen, kann ich wohl für die Erinnerung an einen leichten Widerwillen bürgen. Kraft unserer Duplizität lagen wir ursprünglich einander frontal gegenüber, an unserem gemeinsamen Nabel miteinander verbunden, und in jenen ersten Jahren meines Lebens wurde mein Gesicht fortgesetzt von der harten Nase und den nassen Lippen meines Zwillingsbruders gestreift. Die Neigung, unsere Köpfe zurückzuwerfen und unsere Gesichter möglichst abzuwenden, war die natürliche Reaktion auf jene unangenehmen Berührungen. Die große Dehnbarkeit des Bandes, das uns zusammenhielt, erlaubte es, zueinander eine mehr seitliche Position einzunehmen, und als wir laufen lernten, watschelten wir in dieser Art Seite an Seite einher – es muß mühsamer erschienen sein, als es tatsächlich war, da wir wohl aussahen wie ein Paar betrunkener Zwerge, die sich gegenseitig stützten. Lange Zeit kehrten wir im Schlaf zu unserer embryonalen Haltung zurück; doch jedesmal, wenn die Unannehmlichkeit, die sie mit sich brachte, uns weckte, rissen wir in wachem Abscheu und mit einem doppelten Klagelaut unsere Gesichter weg.

Ich bin entschieden der Ansicht, daß mit drei oder vier Jahren unsere Körper an ihrer plumpen Verbindung Anstoß nahmen, während unser Geist ihre Normalität nicht in Frage stellte. Und bevor wir noch geistig ihrer Nachteile gewahr wurden, fand die körperliche Intuition Mittel und Wege, sie zu mildern, und danach verwandten wir kaum noch einen Gedanken darauf. Alle unsere Bewegungen wurden zu einem überlegten Kompromiß zwischen dem Allgemeinen und dem Besonderen. Das Handlungsmuster, das von diesem oder jenem gemeinsamen Bedürfnis eingegeben wurde, bildete eine Art grauen, gleichmäßig gewebten, einhelligen Hintergrund, vor dem der besondere Impuls, seiner wie meiner, eine hellere und schärfere Bahn beschrieb; doch da er von den Kettfäden des Hintergrundmusters gelenkt wurde, verstieß er nie gegen die allgemeine Webart oder die Launen des Zwillingsbruders.

Ich rede im Augenblick lediglich von unserer Kindheit, als es sich die Natur noch nicht leisten konnte, unsere schwer errungene Lebenskraft durch irgendeinen Konflikt zwischen uns zu untergraben. In späteren Jahren hatte ich Anlaß, zu bedauern, daß wir nicht umgekommen oder durch einen chirurgischen Eingriff getrennt worden waren, ehe wir über jenes anfängliche Stadium hinaus waren, in dem allein ein allgegenwärtiger Rhythmus, der wie ein ferner Tamtam im Dschungel unseres Nervensystems trommelte, verantwortlich war für die Regulierung unserer Bewegungen. Wenn sich zum Beispiel der eine von uns gerade nach einem hübschen Gänseblümchen bücken wollte und der andere sich im selben Augenblick emporreckte, um eine reife Feige zu pflücken, so hing der individuelle Erfolg davon ab, wessen Bewegung zufällig mit dem jeweiligen Iktus unseres gemeinsamen und stetigen Rhythmus übereinstimmte, während die unterbrochene Geste des einen Zwillingsbruders mit einem kurzen, veitstanzartigen Zittern in der bereicherten Welle der vollendeten Handlung des anderen aufging. Ich sage «bereichert», weil der Geist der ungepflückten Blume auch noch irgendwie dazusein und zwischen den Fingern zu pulsieren schien, die sich um die Frucht schlossen.

Es konnte Zeiträume von Wochen und sogar Monaten geben, während deren der dominierende Takt häufiger auf Lloyds Seite war als auf meiner, und dann konnte eine Periode folgen, in der ich oben auf der Woge war; doch ich kann mich an keine Zeit unserer Kindheit erinnern, da Mißerfolg oder Erfolg in solchen Dingen in einem von uns entweder Unwillen oder Stolz hervorgerufen hätten.

Irgendwo in meinem Innern jedoch muß es eine sensible Zelle gegeben haben, die Staunen empfand über die seltsame Tatsache einer Gewalt, die mich unversehens von dem Gegenstand eines beiläufigen Wunsches fortriß und hinschleppte zu anderen, gar nicht begehrten Dingen, die in den Bereich meines Willens gestoßen wurden, statt daß dieser bewußt seine Fangarme nach ihnen ausstreckte und sie ergriff. Wenn ich dieses oder jenes zufällig anwesende Kind beobachtete, das seinerseits Lloyd und mich anschaute, dachte ich also, wie ich mich erinnere, über eine zweifache Frage nach: erstens, ob vielleicht eine einfache Körperlichkeit vorteilhafter war als die unsere; und zweitens, ob *alle* anderen Kinder einfach waren. Es fällt mir jetzt auf, daß die Probleme, die mich beschäftigten, recht oft zwiefacher Art waren: Möglicherweise drang ein Rinnsal von Lloyds Gehirntätigkeit in mein Denken ein, und eine der beiden verknüpften Fragen war seine.

Als unser habsüchtiger Großvater Ahem beschloß, uns gegen Entgelt Besuchern zu zeigen, war unter den Scharen, die sich einfanden, immer ein Halunke, der begierig war, uns miteinander sprechen zu hören. Wie viele primitive Gemüter verlangte er, daß ihm seine Ohren bestätigten, was seine Augen sahen. Unsere Angehörigen tyrannisierten uns so, daß wir solchen Wünschen willfährig waren, und konnten nicht begreifen, was daran so qualvoll war. Wir hätten uns auf unsere Schüchternheit berufen können; aber die Wahrheit war, daß wir nie wirklich miteinander *sprachen*, selbst wenn wir alleine waren, denn die knappen, abgehackten Grunzlaute seltenen Protests, die wir bisweilen wechselten (wenn einer sich zum Beispiel gerade den Fuß aufgerissen hatte und verbunden worden war und der andere im Bach herumplanschen wollte), konnten schwerlich als Dialog gelten. Die Verständigung über einfache wesentliche Empfindungen zwischen uns vollzog sich wortlos: lose Blätter, die der Strom unseres gemeinsamen Blutes mit sich führte. Auch dünnen Gedanken gelang es, durchzuschlüpfen und vom einen zum anderen zu gelangen. Bedeutungsvollere behielt jeder für sich, aber selbst da kam es zu seltsamen Phänomenen. Darum habe ich den Verdacht, daß Lloyd seinem ruhigeren Temperament zum Trotz sich mit den gleichen neuen Wirklichkeiten auseinandersetzte, die mich verwirrten. Er vergaß viel, als er erwachsen wurde. Ich habe nichts vergessen.

Unser Publikum erwartete von uns nicht nur, daß wir miteinander sprachen, wir sollten auch zusammen spielen. Dummköpfe! Sie hatten ihren Spaß daran, daß wir unseren Verstand im Dame- oder *musla*-Spiel miteinander maßen. Wären wir zufällig verschiedenen Geschlechts gewesen, sie hätten uns vermutlich veranlaßt, in ihrer Gegenwart Inzest zu begehen. Doch da gemeinsame Spiele zwischen uns nicht üblicher waren als Gespräche, litten wir subtile Qualen, wenn wir gezwungen waren, einen Ball irgendwo zwischen unseren

Brustbeinen mit verkrampften Bewegungen hin- und herzuschleudern oder so zu tun, als wollte einer dem anderen einen Stock entreißen. Es trug uns stürmischen Beifall ein, wenn wir, die Arme einander um die Schultern gelegt, im Hof umherrannten. Wir konnten springen und herumwirbeln.

Ein Mann, der Patentmedizin verkaufte, ein kahlköpfiger kleiner Kerl in einer schmuddelig weißen russischen Bluse, der etwas Türkisch und Englisch konnte, brachte uns Sätze in diesen Sprachen bei; dann mußten wir unsere Kenntnisse einem faszinierten Publikum vorführen. Die glühenden Gesichter verfolgen mich immer noch in meinen Alpträumen, denn sie erscheinen immer, wenn ein Traumregisseur Komparsen braucht. Ich sehe den riesigen, bronzegesichtigen Schäfer in den bunten Lumpen wieder, die Soldaten aus Karas, den einäugigen, buckligen armenischen Schneider (er selber in seiner Art ein Ungeheuer), die kichernden Mädchen, die seufzenden alten Frauen, die Kinder, die jungen Leute in westlicher Kleidung – brennende Augen, weiße Zähne, schwarz klaffende Münder; und natürlich Großvater Ahem mit seiner Nase aus gelbem Elfenbein und seinem Bart aus grauer Wolle, der das Treiben beaufsichtigte oder das schmutzige Papiergeld zählte und seinen dicken Daumen befeuchtete. Der Linguist, der mit der bestickten Bluse und der Glatze, machte einer meiner Tanten den Hof, ließ jedoch nicht ab, Ahem durch seine Stahlbrille neidisch zu beobachten.

Mit neun Jahren war mir völlig klar, daß Lloyd und ich die seltenste aller Mißgeburten vorstellten. Dieses

Wissen rief in mir weder besondere Begeisterung noch besondere Scham hervor; doch einmal verkündete eine hysterische Köchin, eine Frau mit einem Schnurrbart, die uns in ihr Herz geschlossen hatte und unser Los bedauerte, mit einem fürchterlichen Fluch, sie werde uns auf der Stelle mit einem blitzenden Messer, welches sie plötzlich schwang, auseinandersäbeln (sie wurde sofort von unserem Großvater und einem unserer neuerworbenen Onkel überwältigt); und nach diesem Vorfall spielte ich oft mit einem müßigen Wachtraum – und zwar malte ich mir aus, ich wäre von dem armen Lloyd getrennt, dem seine Monstrosität irgendwie verblieben war.

Für jene Säbelei hatte ich nichts übrig, und die Art und Weise der Trennung blieb auf jeden Fall sehr unbestimmt; doch deutlich stellte ich mir vor, daß meine Fesseln plötzlich wegschmolzen und ich mich leicht fühlte und nackt. Ich stellte mir vor, wie ich über den Zaun kletterte – einen Zaun, auf dessen Latten die gebleichten Schädel von Haustieren steckten – und zum Strand hinunterging. Ich sah mich von Felsblock zu Felsblock springen und in die glitzernde See tauchen und wieder ans Ufer klettern und mit anderen nackten Kindern toben. Des Nachts träumte ich davon – ich sah mich vor meinem Großvater fliehen und ein Spielzeug, eine junge Katze oder eine kleine Krabbe mitnehmen, die ich links an meinen Leib drückte. Ich sah, wie ich dem armen humpelnden Lloyd begegnete, der hoffnungslos an einen humpelnden Zwillingsbruder gefesselt war, während ich selber frei war, um sie herumzutanzen und sie auf ihre demütigen Rücken zu klopfen.

Ich frage mich, ob Lloyd etwa ähnliche Vorstellungen hatte. Ärzte haben die Vermutung geäußert, daß wir in unseren Träumen unseren Geist gelegentlich vereinten. Eines graublauen Morgens hob er einen Zweig auf und zeichnete ein Schiff mit drei Masten in den Staub. Die Nacht zuvor hatte ich mich selbst das gleiche Schiff in den Staub meines Traumes zeichnen sehen.

Ein weiter schwarzer Schäfermantel bedeckte unsere Schultern, und da wir auf dem Boden hockten, war bis auf unsere Köpfe und Lloyds Hand alles unter seinen fallenden Falten versteckt. Gerade war die Sonne aufgegangen, und die scharfe Märzluft war wie Schicht auf Schicht halbdurchsichtigen Eises, durch welches hindurch die krummen, in rauher Blüte stehenden Judasbäume verwischte purpurrosa Flecken machten. Das lange, niedrige weiße Haus hinter uns, voll von fetten Frauen und ihren stinkenden Männern, lag noch in festem Schlaf. Wir sagten nichts; wir sahen uns nicht einmal an; aber Lloyd warf seinen Zweig fort und legte mir den rechten Arm um die Schulter, wie immer, wenn er wünschte, daß wir schnell gingen; und während der Saum unseres gemeinsamen Umhangs über welkes Unkraut schleifte und Kiesel unter unseren Füßen wegsprangen, liefen wir auf die Zypressenallee zu, die hinunter zur Küste führte.

Es war unser erster Versuch, an das Meer zu gelangen, das wir von unserer Hügelkuppe aus sanft glitzern sehen konnten, fern und träge und lautlos an schimmernden Felsen brechend. Ich brauche mein Gedächtnis nicht anzustrengen, um unsere stolpernde Flucht zeitlich an einem entscheidenden Wendepunkt unseres Schicksals zu lokalisieren. Einige Wochen zuvor, an unserem zwölften Geburtstag, hatte Großvater Ibrahim angefangen, mit dem Gedanken zu spielen, uns in Gesellschaft unseres neuesten Onkels auf eine sechsmonatige Tournee durch das Land zu schicken. Sie feilschten lange um die Bedingungen, zankten und prügelten sich sogar, und Ahem hatte die Oberhand behalten.

Wir fürchteten unseren Großvater und verabscheuten Onkel Novus. Vermutlich fühlten wir dumpf und hilflos (denn wir wußten nichts vom Leben, merkten aber dunkel, daß Onkel Novus darauf aus war, Großvater zu betrügen), daß wir einen Versuch machen sollten, etwas zu unternehmen, damit wir nicht von einem Schausteller wie Affen oder Adler in einem fahrbaren Käfig herumgeführt würden; oder vielleicht bestimmte uns nur der Gedanke, daß dies unsere letzte Gelegenheit wäre, unser bißchen Freiheit selber zu genießen und zu tun, was uns absolut verboten war: weiter zu gehen als bis zu einem bestimmten Lattenzaun, ein bestimmtes Tor zu öffnen.

Jenes wackelige Tor zu öffnen, fiel uns nicht schwer, doch es gelang uns nicht, es in seine frühere Stellung zurückzuschwingen. Ein schmutzigweißes Lamm mit bernsteinfarbenen Augen und einem auf seine harte flache Stirn gemalten karminroten Zeichen folgte uns eine Weile, ehe es sich im Eichengestrüpp verlor. Etwas tiefer, aber dennoch hoch über dem Tal, mußten wir eine Straße überqueren, welche um den Hügel herumlief und unseren Hof mit der Landstraße verband, die der Küste folgte. Hufgeklapper und Räderscharren kamen von oben her näher; und wir ließen uns mitsamt Umhang hinter einen Busch fallen. Als das Rumpeln verklang, überquerten wir die Straße und gingen auf einem unkrautbewachsenen Hang weiter. Die silbrige See verbarg sich allmählich hinter Zypressen und den Resten alter Steinmauern. Unsere schwarze Pelerine begann sich heiß und schwer anzufühlen, dennoch harrten wir unter ihrem Schutz aus, da wir fürchteten, daß sonst irgendein Vorübergehender unser Gebrechen bemerken würde.

Wir erreichten die Landstraße, waren nur ein paar Schritte von der hörbaren See entfernt – und dort stand ein uns wohlbekannter Wagen und wartete auf uns, ein karrenähnliches Gefährt auf hohen Rädern, und Onkel Novus stieg gerade vom Kutschbock. Der verschlagene, dunkle, ehrgeizige, skrupellose Mann! Ein paar Minuten vorher hatte er uns von einer der Terrassen des großelterlichen Hauses aus erblickt und der Versuchung nicht widerstehen können, sich diese Eskapade zunutze zu machen, die ihm wunderbarerweise ermöglichte, uns ohne Zank oder Geschrei in seine Gewalt zu bekommen. Er fluchte auf die beiden furchtsamen Pferde und half uns barsch in den Karren. Dann duckte er unsere Köpfe und drohte, uns weh zu tun, falls wir versuchten, unter unserem Umhang hervorzuspähen. Lloyds Arm lag noch um meine Schulter, doch ein Stuckern des Karrens schüttelte ihn ab. Jetzt knirschten und rollten die Räder. Es dauerte eine Weile, bis uns klar wurde, daß unser Kutscher uns nicht nach Hause brachte.

Zwanzig Jahre sind seit jenem grauen Frühlingsmorgen verstrichen, doch mein Gedächtnis hat ihn viel besser bewahrt als manches spätere Ereignis. Immer von neuem lasse ich ihn wie einen Filmstreifen vor meinen Augen ablaufen, wie ich es bei großen Jongleuren gesehen habe, wenn sie ihren Auftritt überprüfen. So überprüfe ich alle Phasen und Umstände und beiläufigen Einzelheiten unserer mißlungenen Flucht – die Erregung am Anfang, das Tor, das Lamm, den schlüpfrigen Hang unter unseren täppischen Füßen. Den Drosseln, die wir aufscheuchten, müssen wir mit jenem schwarzen Umhang, aus dem auf dünnen Hälsen unsere beiden kahlgeschorenen Köpfe herausragten, einen höchst ungewöhnlichen Anblick geboten haben. Die Köpfe wandten sich mißtrauisch hierhin und dorthin, als die Küstenstraße endlich erreicht war. Wäre in diesem Augenblick ein unternehmender Fremder von seinem Boot in der Bucht an Land gestiegen, es hätte ihm gewißlich einen Schauer archaischen Entzückens versetzt, sich in einer Landschaft von Zypressen und weißen Steinen einem gutartigen mythologischen Ungetüm gegenüberzusehen. Er hätte es angebetet, hätte Tränen der Wehmut vergossen. Aber ach, niemand war da, uns zu begrüßen, niemand außer jenem ängstlichen Gauner, unserem nervösen Entführer, einem Mann von kleinem Wuchs mit einem Puppengesicht und einer billigen Brille, deren eines Glas von einem Stückchen Heftpflaster zusammengehalten wurde.

Die Schwestern Vane

1

Möglicherweise hätte ich nie von Dianas Tod erfahren, wäre ich an jenem Abend nicht D. in die Arme gelaufen, den ich seit etwa vier Jahren ebenfalls aus den Augen verloren hatte; und D. wäre ich möglicherweise niemals in die Arme gelaufen, wenn ich mich nicht in eine Reihe trivialer Untersuchungen verwickelt hätte.

Der Tag, ein reumütiger Sonntag nach einer Woche von Schneestürmen, war halb Juwel, halb Matsch gewesen. Mitten während meines üblichen Nachmittagsspazierganges durch die kleine hügelige Stadt, die zu dem Mädchen-College gehört, an dem ich französische Literatur unterrichtete, war ich stehengeblieben, um eine Familie glänzender Eiszapfen zu beobachten, die an der Dachtraufe einer Holzvilla hingen und fortgesetzt tropften. So scharf umrissen waren ihre zugespitzten Schatten auf den weißen Brettern hinter ihnen, daß ich sicher war, auch die Schatten der fallenden Tropfen müßten zu sehen sein. Doch sie waren es nicht. Vielleicht sprang das Dach zu weit vor, oder mein Blickwinkel war der falsche, oder ich beobachtete nicht den richtigen Eiszapfen, wenn der richtige Tropfen fiel. Es gab einen Rhythmus, eine bestimmte Abfolge in dem Getropfe, die ich so rätselhaft fand wie ein Münzenkunststück. Das veranlaßte mich, die Ecken mehrerer Häuserblocks in Augenschein zu nehmen, und dies wiederum führte mich zur Kelly Road und genau zu dem Haus, das D. bewohnt hatte, als er hier Dozent war. Und als ich zu der Dachrinne der benachbarten Garage aufsah, die ihre transparenten Stalaktiten samt ihren blauen Silhouetten im Rücken voll und reichlich zur Schau stellte, wurde ich endlich, als ich mir einen von ihnen aussuchte, durch den Anblick dessen belohnt, was man als den Punkt eines Ausrufezeichens beschreiben könnte, der seine normale Position verläßt, um sehr rasch abwärts zu gleiten – eine Winzigkeit rascher als der Tauwassertropfen, mit dem er um die Wette lief. Dieses geminierte Gehusche war wohl reizvoll, jedoch nicht völlig zufriedenstellend; oder vielmehr, es verschärfte nur noch meinen Appetit auf andere Licht- und Schattenleckerbissen, und ich ging in einem Zustand wunder Empfänglichkeit weiter, der mein ganzes Wesen in einen einzigen großen Augapfel zu verwandeln schien, welcher sich in der Augenhöhle der Welt bewegte.

Durch irisierende Wimpern hindurch erblickte ich die blendende diamantene Spiegelung der niedrig stehenden Sonne auf dem runden Rücken eines geparkten Autos. Dingen aller Art hatte der Schwamm des Tauwetters einen lebendigen bildlichen Sinn zurückgegeben. In übergreifenden Festons floß Wasser eine leicht abschüssige Straße hinunter und bog zierlich in eine andere ein. Mit einem winzigen Anflug verführerischer Suggestivität entblößten schmale Durchgänge zwischen Gebäuden ihre Ziegel- und Purpurschätze. Zum ersten Mal bemerkte ich die bescheidene Kannelierung – letzte Echos der Säulenschaftkannelüren –, die einen Abfalleimer zierte, und ich sah gleichfalls die Riffelung seines Deckels – Kreise, die von einem phantastischen alten Mittelpunkt ausgingen. Aufrechte, dunkelhäutige Gestalten aus totem Schnee (am vergangenen Freitag von den Pflugscharen eines Bulldozers zurückgelassen) standen aufgereiht wie rudimentäre Pinguine an den Bordschwellen über der glänzenden Vibration lebendiger Rinnsteine.

Ich ging hin, ich ging her, und ich ging geradewegs in einen zart dahinsterbenden Himmel hinein, und die Folge der beobachteten und beobachtenden Dinge führte mich schließlich zu meiner üblichen Essenszeit in eine Straße, die so weit von meiner üblichen Gaststätte entfernt war, daß ich mich entschloß, es mit einem Restaurant am Stadtrand zu versuchen. Die Nacht war laut- und zeremonielos hereingebrochen, als ich wieder heraustrat. Der hagere Geist, der verlängerte Schatten, den eine Parkuhr auf einen Rest feuchten Schnees warf, war seltsam rötlich getönt; das, so stellte ich fest, war auf die gelbbraun-rote Restaurant-Leuchtschrift über dem Bürgersteig zurückzuführen; und in diesem Augenblick – als ich fortschlenderte und mich einigermaßen ermattet fragte, ob ich wohl das Glück hätte, auf meinem Rückweg das gleiche in Neonblau zu finden – in diesem Augenblick geschah es, daß neben mir ein Auto knirschend zum Stillstand kam und D. mit einem Ausruf geheuchelter Freude ausstieg.

Auf dem Wege von Albany nach Boston kam er durch

die Stadt, in der er vormals gewohnt hatte, und mehr als einmal in meinem Leben habe ich jenen Stich stellvertretenden Gefühls empfunden, gefolgt von einer Aufwallung persönlicher Gereiztheit gegenüber Reisenden, die allem Anschein nach überhaupt nichts fühlen, wenn sie Orte wieder aufsuchen, die sie bei jedem Schritt mit klagenden und kummervollen Erinnerungen peinigen sollten. Er führte mich zurück in die Bar, die ich gerade verlassen hatte, und nach dem üblichen Austausch heiterer Platitüden kam das unvermeidliche Vakuum, das er mit den zufälligen Worten ausfüllte: «Hören Sie, ich dachte nie, daß mit Diana Vanes Herz irgend etwas nicht in Ordnung sei. Mein Rechtsanwalt berichtete mir, daß sie vorige Woche gestorben ist.»

2

Er war noch jung, noch übermütig, noch unstet, noch verheiratet mit der sanften, ausnehmend hübschen Frau, die niemals etwas erfahren oder geahnt hatte von seiner unheilvollen Affaire mit Dianas hysterischer junger Schwester, welchselbe ihrerseits nichts von meiner Unterredung mit Diana gewußt hatte, als diese mich plötzlich nach Boston rief, um mir den Schwur abzunehmen, daß ich mit D. reden und für seinen «Hinauswurf» sorgen würde, falls er seine Beziehungen zu Sybil nicht sofort abbräche – oder aber sich von seiner Frau scheiden ließe (die sie übrigens durch das Prisma von Sybils wildem Gerede hindurch als eine übellaunige und häßliche Person sah). Ich hatte ihn unverzüglich gestellt. Er hatte gesagt, es gäbe keinen Grund, sich Sorgen zu machen – er hätte sich sowieso entschlossen, seine Stellung am College aufzugeben und mit seiner Frau nach Albany zu ziehen, wo er in der Firma seines Vaters arbeiten würde; und die ganze Angelegenheit, aus der eine jener hoffnungslos verwickelten Situationen zu werden gedroht hatte, die sich über Jahre hinschleppen und die endlos von peripheren Grüppchen wohlmeinender Freunde in universaler Heimlichkeit besprochen werden – von Freunden, die untereinander sogar neue Intimitäten auf eine fremde Not gründen –, die ganze Angelegenheit fand ein abruptes Ende.

Ich erinnere mich, wie ich am Tag darauf an meinem erhöhten Pult in dem großen Klassenzimmer saß, wo am Vorabend von Sybils Selbstmord eine Semesterprüfung in französischer Literatur stattfand. Sie kam auf hohen Absätzen mit einem Koffer herein, warf ihn in eine Ecke, wo mehrere andere Taschen gestapelt waren, ließ mit einem einzigen Achselzucken ihren Pelzmantel von ihren schmalen Schultern gleiten, legte ihn auf ihrem Köfferchen zusammen und blieb mit zwei oder drei anderen Mädchen vor meinem Tisch stehen, um zu fragen, wann ich ihnen ihre Zensuren zuschicken würde. Ich würde eine Woche brauchen, von morgen an gerechnet, sagte ich, das Zeug durchzulesen. Ich erinnere mich auch, daß ich mich fragte, ob D. ihr seinen Entschluß bereits mitgeteilt hätte – und ich bedauerte meine pflichteifrige kleine Studentin aufs heftigste, als mein Blick während einhundertundfünfzig Minuten immer wieder zu ihr zurückkehrte, die so kindlich schmächtig war in ihrem enganliegenden Grau, und als ich jenes sorgfältig gewellte dunkle Haar beobachtete, jenen kleinen, kleingeblümten Hut mit einem kleinen hyalinen Schleier, wie er in jener Saison getragen wurde, und darunter ihr kleines Gesicht, das eine Hautkrankheit in ein kubistisches Narbenmuster aufgebrochen hatte; es war rührend von einem Höhensonnenteint verdeckt, welcher ihre Züge härter wirken ließ, deren Charme weiterhin darunter litt, daß sie alles angemalt hatte, was angemalt werden konnte, so daß das bleiche Zahnfleisch zwischen ihren kirschroten rissigen Lippen und die verdünnte blaue Tinte ihrer Augen unter schattierten Lidern die einzigen Öffnungen zu ihrer Schönheit waren.

Als ich am Tag darauf die häßlichen Kolleghefte alphabetisch sortiert hatte, stürzte ich mich in ihr Chaos von Schriftzügen und gelangte vorzeitig zu Valevsky und Vane, deren Hefte ich irgendwie falsch eingeordnet hatte. Das erste hatte sich für den Anlaß mit einem Anschein von Leserlichkeit herausstaffiert, Sybils Arbeit indessen wies ihre übliche Kombination mehrerer Dämonenhandschriften auf. Sie hatte mit einem sehr blassen, sehr harten Bleistift angefangen, der die freie Rückseite mit einer auffälligen Prägeschrift versehen, auf der Vorderseite jedoch wenig von bleibendem Wert hinterlassen hatte. Glücklicherweise war die Spitze bald abgebrochen, und Sybil war mit einer anderen, dunkleren Mine fortgefahren, die allmählich in eine unscharfe Breite überging, welche fast wie Holzkohle aussah und zu der Sybil durch Lutschen an der stumpfen Seite einige Spuren von Lippenstift beigetragen hatte. Obwohl noch schlechter, als ich ohnehin erwartet hatte, trug ihre Arbeit alle Anzeichen einer verzweifelten Gewissenhaftigkeit, mit Unterstreichungen, Umstellungen, überflüssigen Fußnoten, als wäre sie darauf bedacht gewesen, alles in der denkbar anständigsten Weise zum Abschluß zu bringen. Dann hatte sie sich Mary Valevskys Füllfederhalter ausgeliehen und hinzugefügt: «*Cette examain est finie ainsi que ma vie. Adieu, jeunes filles!* Bitte, *Monsieur le Professeur*, setzen Sie sich mit *ma sœur* in Verbindung und sagen Sie ihr, daß der Tod nicht besser war als die Note D minus, aber entschieden besser als das Leben minus D.»

Ich verlor keine Zeit mit meinem Anruf bei Diana, die mir sagte, daß alles vorbei sei – vorbei schon seit acht Uhr früh –, und mich bat, ihr jenes Heft zu bringen; und die, als ich es ihr brachte, durch ihre Tränen hindurch vor stolzer Bewunderung («das sieht ihr ähnlich!») für den launigen Gebrauch strahlte, den Sybil von einer Prüfung in französischer Literatur gemacht hatte. In kürzester Zeit hatte sie zwei Highballs bereitet, ohne sich dabei auch nur für einen Augenblick von Sybils Heft zu trennen – das inzwischen fleckig war von Sodawasser und Tränen –, und fuhr fort, die Todesbotschaft zu studieren, woraufhin ich mich veranlaßt sah, sie auf die darin enthaltenen grammatischen Fehler hinzuweisen und zu erklären, wie das Wort «Mädchen» an amerikanischen Colleges übersetzt wird, damit die Studentinnen nicht unschuldig mit dem französischen Äquivalent für «Dirne» oder Schlimmerem um sich werfen. Diese ziemlich geschmacklosen Trivialitäten gefielen Diana enorm, als sie keuchend über die wogende Oberfläche ihres Schmerzes emportauchte. Und jenes schlaffe Heft in der Hand haltend, als wäre es eine Art Paß für ein zwangloses Elysium (wo Bleistiftspitzen nicht abbrechen und eine verträumte junge Schönheit mit makellosem Teint eine Locke ihres Haars um einen verträumten Zeigefinger wickelt, während sie über einer himmlischen Prüfungsaufgabe grübelt), führte mich Diana hinauf in ein kühles kleines Schlafzimmer, nur um mir – als wäre ich die Polizei oder ein mitfühlender irischer Nachbar – zwei Tablettenfläschchen und das zerwühlte Bett zu zeigen, aus dem ein zarter, unwesentlicher Körper, den D. einschließlich seines letzten samtenen Details gekannt haben mußte, bereits entfernt worden war.

3

Der Tod ihrer Schwester lag vier oder fünf Monate zurück, als ich Diana recht häufig zu sehen begann. Während ich nach New York gekommen war, um in den Ferien einige Forschungsarbeit in der *Public Libary* zu erledigen, war auch sie in diese Stadt gezogen, wo sie aus irgendeinem wunderlichen Grund (der, wie ich vermute, vage mit künstlerischen Absichten zusammenhing) eine «Kaltwasser»-Wohnung gemietet hatte, wie Leute, die immun gegen Gänsehaut sind, das nennen, weit unten in der Skala der Querstraßen von Manhattan. Was mich anzog, war weder ihre Art, die ich abstoßend lebhaft fand, noch ihr Aussehen, das andere Männer aufsehenerregend vorkam. Sie hatte weit auseinanderliegende Augen, denen ihrer Schwester sehr ähnlich, von einem offenen, ängstlichen Blau mit strahlig angeordneten dunklen Punkten. Der Raum zwischen ihren dichten schwarzen Augenbrauen glänzte immer, und ebenso glänzten die fleischigen Voluten ihrer Nasenflügel. Die grobe Textur ihrer Epidermis wirkte fast männlich, und in dem nackten Lampenlicht ihres Studios war es, als starrten einen die Poren ihres zweiunddreißigjährigen Gesichts an wie etwas in einem Aquarium. Kosmetika verwendete sie ebenso gerne und reichlich wie einst ihre jüngere Schwester, jedoch mit einer zusätzlichen Schlampigkeit, die dazu führte, daß auch ihre großen Vorderzähne etwas von dem Rouge abbekamen. Sie war hübsch in ihrer Dunkelheit, trug eine nicht zu geschmacklose Mischung einigermaßen schicker heterogener Kleidungsstücke und hatte eine sogenannte gute Figur; aber alles an ihr war seltsam liederlich, in einer Weise, die ich dunkel mit linken Begeisterungen in der Politik und «progressiven» Banalitäten in der Kunst in Zusammenhang brachte, obwohl sie in Wirklichkeit weder für das eine noch das andere etwas übrig hatte. Ihre lockige Frisur auf der Basis von Scheitel und Haarknoten hätte wild und bizarr wirken können, wäre sie nicht von ihrer eigenen sanften Ungepflegtheit am verletzlichen Nacken gründlich gezähmt worden. Ihre Fingernägel waren knallig lackiert, aber merklich angeknabbert und nicht sauber. Ihre Liebhaber waren ein schweigsamer junger Photograph, der plötzlich aufzulachen pflegte, und zwei ältere Männer, Brüder, die eine kleine Druckerei gegenüber besaßen. Ich wunderte mich über deren Geschmack, wenn ich mit einem geheimen Schauder das Kreuz und Quer der schwarzen Haare erblickte, das an ihren bleichen Schienbeinen unter dem Nylon mit der wissenschaftlichen Deutlichkeit eines unter Glas gepreßten Präparats sichtbar war; oder wenn ich bei jeder ihrer Bewegungen die stumpfe, abgestandene, nicht besonders auffällige, aber alles durchdringende und deprimierende Emanation spürte, die ihr selten gebadetes Fleisch unter müden Parfums und Cremes verbreitete.

Ihr Vater hatte den größten Teil eines bequemen Vermögens verspielt, und der erste Mann ihrer Mutter war slawischer Abkunft gewesen, aber sonst gehörte Diana Vane zu einer guten, respektablen Familie. Was wissen wir – vielleicht ging sie zurück auf Könige und Wahrsager in den Nebeln entlegenster Inseln. In eine neuere Welt versetzt, in eine Landschaft zum Tode verurteilter herrlicher Laubbäume, bot ihre Ahnenschaft in einer ihrer ersten Phasen eine weiße Kirche voller Farmer vor einer schwarzen Gewitterwolke und dann eine imponierende Schar von Städtern in verschiedenen kaufmännischen Tätigkeiten sowie eine Anzahl Gelehrter, Leute wie Dr. Jonathan Vane, den hageren Langweiler (1780–1839), der in der Feuersbrunst auf dem Dampfschiff «Lexington» ums Leben kam, um später ein Habitué an Dianas rückendem Tisch zu werden. Ich habe mir immer gewünscht, die Genealogie auf den Kopf zu stellen, und hier habe ich eine Gelegenheit dazu, denn es ist der letzte Nachkomme, Diana, und Diana ganz allein, der in der Dynastie der Vanes von irgendeiner Bedeutung bleiben wird. Natürlich meine ich ihre künstlerische Begabung, ihre entzückenden, frohen, allerdings nicht sehr populären Gemälde, die die Freunde ihrer Freunde in langen Zeitabständen ankauften – und ich wüßte sehr gern, wohin sie nach ihrem Tode wanderten, diese ehrlichen und poetischen Bilder, die ihre Wohnzimmer illuminierten – die wundervoll detaillierten Bilder metallischer Dinge und mein Lieblingsstück *Durch eine Windschutzscheibe gesehen* – eine teilweise mit Reif bedeckte Windschutzscheibe mit einem glitzernden Rinnsal (von einem imaginären Wagendach herkommend) über ihrem durchsichtigen Teil und, durch alles dies hindurch, die Saphirflamme des Himmels und eine grüne und weiße Tanne.

4

Diana hatte das Gefühl, daß ihre tote Schwester nicht ganz mit ihr zufrieden sei – daß sie inzwischen herausbekommen habe, wie sie und ich uns verschworen hatten, ihrer Affaire ein Ende zu bereiten; und um ihren Schatten freundlich zu stimmen, ging Diana zu einer ziemlich primitiven Art ritueller Opferung über (die indessen eine Spur von Sybils Humor enthielt) und begann, an D.s Geschäftsadresse zu absichtsvoll unbestimmten Terminen diverse Kleinigkeiten zu schicken: Aufnahmen von Sybils Grabstein in dürftiger Beleuchtung; Strähnen ihres eigenen Haares, das von dem Sybils nicht zu unterscheiden war; eine Teilkarte von Neu-England mit einem Tintenkreuz, auf halbem Wege zwischen zwei keuschen Städten, um den Ort zu bezeichnen, wo D. und Sybil am dreiundzwanzigsten Oktober bei hellem Tageslicht in einem nachsichtigen

Motel inmitten eines rötlichen und braunen Waldes haltgemacht hatten; und zweimal ein ausgestopftes Stinktier.

Da sie in der Unterhaltung eher geschwätzig als deutlich war, vermochte sie niemals gänzlich die Theorie der intervenierenden Aura zu beschreiben, die sie irgendwie entwickelt hatte. Grundsätzlich stellte ihr privates Credo nichts besonders Neues dar, denn es setzte ein einigermaßen konventionelles Jenseits voraus, ein stilles Solarium unsterblicher Seelen (vermischt mit sterblichen Antezidentien), deren Hauptamüsement darin bestand, periodisch die lieben Lebenden zu umschweben. Der interessante Punkt war ein kurioser praktischer Dreh, den Diana ihrer zahmen Metaphysik gab. Sie war sicher, daß ihre Existenz von verstorbenen Freunden aller Art beeinflußt wurde, die sich darin abwechselten, ihr Schicksal zu lenken, ganz als wäre sie eine verlaufene junge Katze, die ein Schulmädchen im Vorübergehen aufhebt, an die Wange drückt und sorgsam wieder neben einer vorstädtischen Hecke niedersetzt – um sogleich von einer anderen vorüberkommenden Hand gestreichelt oder von einer gastfreundlichen Dame in eine Welt von Türen davongetragen zu werden.

Einige Stunden lang oder mehrere Tage hintereinander und manchmal in unregelmäßiger Folge wiederholt über Monate und Jahre hinweg sei alles, was Diana nach dem Ableben einer bestimmten Person zustieß, so sagte sie, bestimmt von der Art und Weise dieser Person. Das Ereignis könne außerordentlich sein und den Lauf des eigenen Lebens ändern; oder aber es könne sich um eine Kette winziger Vorfälle handeln, gerade klar genug, um sich im Relief von «einem gewöhnlichen Tag» abzuheben und sich dann, wenn die Aura langsam weiterschwand, in noch vagere Bagatellen zu verlieren. Der Einfluß könne gut sein oder schlecht; die Hauptsache war, daß sich seine Quelle ausmachen ließ. Es sei, als ginge man quer durch die Seele eines Menschen, sagte sie. Ich versuchte nachzuweisen, daß sie die genaue Quelle nicht immer bestimmen könne, da nicht jeder eine erkennbare Seele habe; daß es anonyme Briefe und Weihnachtsgeschenke gebe, die jedermann schicken könne; und daß in Wahrheit das, was Diana «einen gewöhnlichen Tag» nenne, selber eine schwache Lösung vermischter Aurae oder einfach die Routineschicht eines ganz gewöhnlichen Schutzengels sein könne. Und was wäre mit Gott? War es so, oder war es nicht so, daß Leute, die einen allmächtigen Diktator auf Erden empört ablehnen würden, sich auf einen im Himmel freuten? Und Kriege? Was für eine gräßliche Vorstellung – tote Soldaten, die immer noch gegen lebende kämpfen, oder Geisterarmeen, die versuchen, durch die Leben verkrüppelter Greise hindurch aufeinander loszugehen.

Aber Diana war über Allgemeinheiten genauso erhaben wie über Logik. «Ach, das ist Paul», sagte sie, wenn die Suppe trotzig überkochte, oder: «Ich glaube, die gute Betty Brown ist tot» – als sie in einer Wohltätigkeitslotterie einen schönen und hochwillkommenen Staubsauger gewann. Und mit einem Jamesschen Mäandern, das meinen französischen Geist aufbrachte, kehrte sie zu einer Zeit zurück, da Betty und Paul noch unter den Lebenden weilten, und erzählte mir von wohlgemeinten, aber absonderlichen und völlig unannehmbaren Gaben, mit denen sie überschüttet wurde – angefangen mit einer alten Handtasche, die einen Drei-Dollar-Scheck enthielt und die sie auf der Straße aufgelesen und natürlich zurückgegeben hatte (und zwar der bereits erwähnten Betty Brown, einer altersschwachen Negerin, die kaum noch gehen konnte), und schließlich mit dem beleidigenden Vorschlag eines ihrer alten Beaus, Paul, gegen ein passables Entgelt «normale» Bilder von seinem Haus und seiner Familie zu malen – alles dies nach dem Ableben einer gewissen Mrs. Page, einer gütigen, aber kleinlichen alten Person, die Diana seit ihrer Kindheit mit diesem oder jenem nüchternen Ratschlag zugesetzt hatte.

Sybils Persönlichkeit, sagte sie, habe einen Regenbogenrand, als sei sie etwas unscharf. Sie sagte, daß ich, hätte ich Sybil besser gekannt, sogleich begriffen hätte, wie sybillinisch die Aura unbedeutender Vorfälle war, die ihre, Dianas, Existenz nach Sybils Selbstmord zeitweise überflutet habe. Seit dem Tode ihrer Mutter wäre es ihre Absicht gewesen, ihr Haus in Boston aufzugeben und nach New York zu ziehen, wo, wie sie meinten, Dianas Gemälde eher eine Chance hätten, eine breitere Bewunderung zu finden; aber das alte Haus hätte sich mit all seinen plüschernen Fangarmen an sie geklammert. Die tote Sybil hingegen habe sich darangemacht, das Haus von seinem Anblick zu trennen – etwas, das sich verhängnisvoll auf das Heimatgefühl auswirkt. In der engen Straße war genau gegenüber ein Bauvorhaben zu lautem, häßlichem, gerüstverkleidetem Leben gekommen. Ein Paar vertrauter Pappeln starb in jenem Frühling und verwandelte sich in blonde Skelette. Arbeiter kamen und brachen den warmgetönten, schönen, alten Bürgersteig auf, dem an nassen Apriltagen ein ganz besonderer violetter Schimmer eigen gewesen war und der die morgendlichen Schritte des auf dem Weg zum Museum befindlichen Mr. Lever so denkwürdig widerhallen gelassen hatte, jenes Mr. Lever, der sich mit sechzig vom Geschäft zurückgezogen und sodann ein volles Vierteljahrhundert ausschließlich auf das Studium von Schnecken verwandt hatte.

Da die Rede von alten Männern ist, sollte hinzugefügt werden, daß diese postumen Auspizien und Interventionen zuweilen parodistischen Charakter trugen. Diana hatte mit einem exzentrischen Bibliothekar namens Porlock auf gutem Fuße gestanden, der während der letzten Jahre seines staubigen Lebens damit beschäftigt gewesen war, alte Bücher auf mirakulöse Druckfehler hin zu untersuchen, wie die Ersetzung des zweiten «h» im Worte *«hither»* durch ein «l». Im Gegensatz zu Diana hatte er nichts übrig für die freudigen Schauer obskurer Prophezeiungen; er suchte nur die Mißbildung selbst, das zufällige Pech, das sich für Plan ausgibt, den Lapsus, der wie ein Lapislazuli aussieht; und Diana, eine sehr viel perversere Liebhaberin mißgebildeter oder illegitim verbundener Wörter, Wortspiele, Logogriphen und so weiter, hatte dem armen Spinner bei einer Suche geholfen, die mir angesichts des von ihr angeführten Beispiels als statistisch irrsinnig erschien. Jedenfalls, sagte sie, habe sie am dritten Tag nach seinem Tod eine Zeitschrift gelesen und war gerade einem Zitat aus einem unvergänglichen Gedicht begegnet (von dem sie zusammen mit anderen leichtgläubigen Lesern annahm, daß es tatsächlich in einem Traum entstanden war), als ihr dämmerte, daß «Alph» eine prophetische Sequenz der Anfangsbuchstaben von Anna Livia Plurabelle sei (noch so ein heiliger Fluß, der durch – oder vielmehr um – noch so einen falschen Traum strömte), während das zusätzliche «h» bescheiden als private Wegmarke für jenes Wort stand, das Mr. Porlock so hypnotisiert hatte. Und ich wünschte, ich könnte mich an den Roman oder die Kurzgeschichte (irgendeines zeitgenössischen Schriftstellers, glaube ich) erinnern, in dem die Anfangsbuchstaben der Worte des letzten Absatzes, wie Diana sie entzifferte, eine Botschaft von seiner toten Mutter bildeten, die dem Autor nicht bewußt war.

5

Ich bedaure sagen zu müssen, daß Diana, nicht zufrieden mit diesen ingeniösen Phantastereien, eine lächerliche Vorliebe für Spiritismus an den Tag legte. Ich weigerte mich, sie zu Sitzungen zu begleiten, an denen bezahlte Medien teilnahmen: Aus anderen Quellen wußte ich zuviel darüber. Jedoch willigte ich ein, kleinen Farcen beizuwohnen, die Diana und ihre beiden Gentlemen-Freunde von der Druckerei arrangierten. Es waren rundliche, höfliche und ziemlich unheimliche alte Knaben, aber ich überzeugte mich mit Befriedigung davon, daß sie nicht wenig Geist und Bildung besaßen. Wir setzten uns um einen leichten kleinen Tisch, und ein knackendes Zittern begann fast schon in dem Augenblick, wenn wir unsere Fingerspitzen darauf legten. Man wartete mir mit einer Kollektion von Geistern auf, die ihre Berichte höchst bereitwillig daherklopften, obwohl sie sich weigerten, irgend etwas zu erläutern, was ich nicht ganz mitgekriegt hatte. Oscar Wilde kam herbei und bezichtigte in schnellem, entstelltem Französisch mit den üblichen Anglizismen Dianas tote Eltern dunkel dessen, was in meiner Mitschrift als *plagiatisme* erscheint. Ein forscher Klopfgeist steuerte die unverlangte Auskunft bei, daß er, John Moore, und sein Bruder Bill Kohlengrubenarbeiter in Colorado gewesen und im Januar 1883 in «Crested Beauty» durch eine Lawine ums Leben gekommen seien. Frederic Myers, ein alter Fachmann bei diesem Spiel, hämmerte ein Poem heraus (es ähnelte Dianas eigenen ephemerischen Hervorbringungen auf seltsame Weise), welches in meinen Notizen zu einem Teil so lautet:

Was ist das – ein Hokuspokus
Oder ein echtes, doch dürftiges Licht,
Ein Ende dieses gefährlichen Jokus,
Welches den schmerzvollen Traum unterbricht?

Schließlich besuchte mit großem Krach und allen Arten von schütternden und rüttelnden Bewegungen seitens des Tisches Lew Tolstoj unsere kleine Gruppe, und als er gebeten wurde, sich durch spezifische Merkmale seines einstigen irdischen Aufenthaltes selber zu identifizieren, machte er sich an die komplizierte Beschreibung anscheinend irgendeiner russischen Art architektonischer Holzarbeit («Figuren auf Brettern – Mann, Pferd, Hahn, Mann, Pferd, Hahn»), was alles sehr schwierig mitzuschreiben, schwer zu verstehen und unmöglich nachzuprüfen war.

Ich nahm an zwei oder drei anderen Sitzungen teil, die noch alberner waren, aber ich muß gestehen, daß ich die kindliche Unterhaltung, die sie gewährten, und den Apfelsaft, den wir tranken (Fett und Feist waren Abstinenzler), Dianas schrecklichen Hauspartys vorzog.

Sie gab sie in der netten Wohnung der Wheelers nebenan – ein Arrangement, wie es ihrer zentrifugalen Natur lieb war, aber allerdings sah ihr eigenes Wohnzimmer auch immer wie eine schmutzige alte Palette aus. Einer barbarischen, unhygienischen und ehebrecherischen Sitte gemäß wurden die innen noch warmen Mäntel der Gäste vom ruhigen, ziemlich kahlen Bob Wheeler in das Heiligtum eines reinlichen Schlafzimmers getragen und auf das Ehebett gehäuft. Er war es auch, der die Drinks einschenkte, die der junge Photograph herumreichte, während Diana und Mrs. Wheeler sich um die Canapés kümmerten.

Einem späten Ankömmling bot sich der Eindruck, eine Menge lauter Leute sei unnötigerweise in dem rauchblauen Raum zwischen zwei Spiegeln gruppiert, die vollgestopft waren mit Spiegelbildern. Vermutlich, weil Diana die jüngste im Zimmer zu sein wünschte, befanden sich die Frauen, die sie gewöhnlich einlud, ob verheiratet, ob ledig, bestenfalls in ihren – dahinschwindenden – Vierzigern; einige von ihnen brachten von zu Hause in dunklen Taxis intakte Spuren guten Aussehens mit, die sie indessen einbüßten, wenn die Party ihren Fortgang nahm. Immer hat mich das in Erstaunen gesetzt – die Fähigkeit geselliger Wochenendfeierer, fast sofort und durch eine rein empirische, aber sehr genaue Methode einen gemeinsamen Nenner der Betrunkenheit zu finden, an den sich ein jeder loyal hält, bis sie alle zusammen sich auf den nächsten tieferen Pegelstand hinabbegeben. Die üppige Freundlichkeit der Matronen war durch Obertöne von Ausgelassenheit gekennzeichnet, während der feste, nach innen gerichtete Blick liebenswürdiger beschwipster Männer einer blasphemischen Schwangerschaftsparodie gleichkam. Obwohl einige der Gäste in irgendeiner Weise mit den Künsten zu tun hatten, gab es keine geistvollen Gespräche, keine blumenbekränzten, auf die Ellbogen gestützten Köpfe und selbstverständlich keine flötenspielenden Mädchen. Von irgendeinem Beobachtungsposten aus, wo sie in der Pose einer gestrandeten Nixe mit ein oder zwei jüngeren Männern auf dem bleichen Teppich gesessen hatten, kroch Diana auf die Knie, das Gesicht lackiert von einer Schicht glänzenden Schweißes, einen Teller mit Nüssen zum Zugreifen einladend in der einen Hand, und klopfte mit der anderen energisch gegen das athletische Bein von Cochran oder Corcoran, einem Kunsthändler, der es sich auf einem perlgrauen Sofa zwischen zwei geröteten, sich wohlig auflösenden Damen bequem gemacht hatte.

In einem späteren Stadium gab es Ausbrüche eines ausschweifenderen Frohsinns. Corcoran oder Coransky packte Diana oder eine andere umherwandernde

Frau bei der Schulter und entführte sie in eine Ecke, um sie mit einem grinsenden Durcheinander privater Witze und privaten Tratsches zu konfrontieren, woraufhin sie sich lachend und den Kopf zurückwerfend von ihm losmachte. Und später noch gab es die leichten Gestöber intersexueller Vertraulichkeiten, spaßhafter Versöhnungen, einen bloßen fleischigen Arm, der sich um den Gatten einer anderen Frau legte (während dieser sehr aufrecht inmitten eines schwankenden Raumes stand), einen plötzlichen Anflug koketter Verärgerung, unbeholfener Verfolgung – und dann das stille halbe Lächeln von Bob Wheeler, der die Gläser aufhob, welche wie Pilze im Schatten der Stühle wuchsen.

Nach einer letzten Party dieser Art schrieb ich Diana einen völlig harmlosen und im großen und ganzen gutgemeinten kleinen Brief, in dem ich ein paar gallische Witze über einige ihrer Gäste anbrachte. Ich entschuldigte mich auch dafür, ihren Whisky nicht angerührt zu haben, da ich als Franzose die Traube dem Getreide vorzöge. Ein paar Tage später begegnete ich ihr auf der Treppe der *Public Libary*; im gebrochenen Sonnenlicht unter einem schwachen Wolkenbruch spannte sie ihren bernsteinfarbenen Regenschirm auf und kämpfte mit ein paar in die Achselhöhle geklemmten Büchern (von denen ich sie einen Augenblick lang befreite). *Schritte an der Grenze einer anderen Welt* von Robert Dale Owen und etwas über *Spiritismus und Christentum*; als sie plötzlich, ohne daß ich sie irgend provoziert hätte, mit vulgärer Heftigkeit auf mich einzuschimpfen begann, giftige Worte gebrauchte, mir – durch die birnenförmigen Tropfen des spärlichen Regens hindurch – sagte, ich sei ein Tugendbold und Snob; ich sähe nur die Gesten und Verkleidungen der Leute; sagte, daß Corcoran auf zwei verschiedenen Ozeanen zwei Männer vor dem Ertrinken gerettet habe – ein irrelevanter Zufall wollte, daß sie beide Corcoran hießen; daß die fidele und kreischende Joan Winter ein kleines Mädchen habe, welches dazu verurteilt war, in ein paar Monaten völlig zu erblinden; und daß die Frau in Grün mit dem sommersprossigen Busen, die ich in irgendeiner Form verächtlich behandelt hatte, im Jahre 1932 einen nationalen Bestseller geschrieben habe. Sonderbare Diana! Man hatte mir gesagt, daß sie mächtig rüde zu Leuten sein konnte, die sie eigentlich gerne mochte und achtete; irgendwo mußte man jedoch einen Strich ziehen, und da ich ihre interessante Aura und anderes seelisches Drüber und Drunter zur Genüge studiert hatte, beschloß ich, sie gar nicht mehr zu besuchen.

6

An dem Abend, da mich D. von Dianas Tod unterrichtet hatte, kehrte ich nach elf in das zweigeschossige Haus zurück, das ich in horizontalem Schnitt mit der Witwe eines emeritierten Professors teilte. Als ich die Haustür erreichte, blickte ich in einer Vorahnung von Einsamkeit auf die zwei Arten von Dunkelheit in den beiden Fensterreihen: die Dunkelheit der Abwesenheit und die Dunkelheit des Schlafes.

Der ersten konnte ich abhelfen, die zweite duplizieren konnte ich nicht. Mein Bett gab mir kein Gefühl der

Sicherheit; seine Federn ließen nur meine Nerven hochschnellen. Ich vertiefte mich in Shakespeares Sonette – und ertappte mich dabei, daß ich wahnwitzigerweise die Anfangsbuchstaben der Zeilen durchging, um zu sehen, welche sakramentalen Wörter sie ergäben. Ich fand FATE (LXX), ATOM (CXX) und zweimal TAFT (LXXXVIII, CXXXI). Hin und wieder schaute ich mich um, um festzustellen, wie sich die Gegenstände in meinem Zimmer benahmen. Es war seltsam, sich vorzustellen, daß ich, wenn Bomben zu fallen begännen, kaum mehr als die Erregung eines Glücksspielers (und eine Menge prosaischer Erleichterung) verspüren würde, während mir das Herz zerspringen müßte, wenn sich eine gewisse, verdächtig angespannt aussehende kleine Flasche auf dem Bord dort drüben auch nur den Bruchteil eines Zentimeters seitwärts bewegte. Auch die Stille war verdächtig kompakt, als bilde sie absichtlich einen schwarzen Hintergrund für den Nervenblitz, den jedes leise Geräusch unbekannten Ursprungs hervorrufen würde. Aller Verkehr war tot. Vergebens betete ich darum, daß ein Lastwagen die Perkins Street hinaufächzte. Die Frau über mir, die mich durch ein dumpfes Stapfen wie von monströsen steinernen Füßen sonst wahnsinnig zu machen pflegte (in Wahrheit war sie am hellichten Tag ein kleines, rundliches Wesen, das einem mumifizierten Meerschweinchen glich), hätte sich meinen Segen verdient, wenn sie sich jetzt in ihr Badezimmer geschleppt hätte. Ich löschte mein Licht und räusperte mich mehrmals, um wenigstens für *dieses* Geräusch verantwortlich zu sein. Im Geist fuhr ich per Anhalter mit einem sehr fernen Auto, aber es setzte mich ab, bevor ich eine Chance hatte einzuschlafen. Dann hob ein Knistern im Papierkorb an (ich hoffte, es rühre von einem weggeworfenen und zerknitterten Bogen Papier her, der sich wie eine boshafte, starrsinnige Nachtblüte öffnete), hörte wieder auf, und mein Nachttisch antwortete mit einem leisen Klicken. Es hätte Diana ähnlich gesehen, gerade in diesem Moment einen billigen Poltergeistspektakel zu veranstalten.

Ich beschloß, gegen Diana anzukämpfen. In Gedanken ließ ich die moderne Ära der Klopfgeräusche und Geistererscheinungen Revue passieren, angefangen mit dem Gepolter von 1848 in dem kleinen Flecken Hydesville im Staate New York, endend mit den grotesken Phänomenen von Cambridge, Massachusetts; ich beschwor die Sprungbeine und andere anatomische Kastagnetten der Schwestern Fox (wie sie von den Weisen der Universität von Buffalo beschrieben wurden); den geheimnisvoll gleichförmigen zarten Jünglingstyp im trübseligen Epworth oder Tedworth, von dem ebendieselben Poltergeistphänomene ausgingen wie im alten Peru; feierliche viktorianische Orgien mit fallenden Rosen und in den Klängen sakraler Musik schwebenden Akkordeons; berufsmäßige Hochstapler, die feuchten Mull erbrachen; Mr. Ducan, den würdevollen Gatten eines weiblichen Mediums, der gebeten wurde, sich einer Leibesvisitation zu unterziehen, und sich damit entschuldigte, daß seine Unterwäsche schmutzig sei; den alten Alfred Russel Wallace, den naiven Naturwissenschaftler, der sich weigerte, zu glauben, daß es sich bei der weißen Form mit bloßen Füßen und undurchstochenen Ohrläppchen, die er auf einem privaten Pandämonium in Boston vor sich sah, um die spröde Miss Cook handelte, die er gerade hinter Vorhängen in einer Ecke mit geschnürten Stiefeln und Ohrringen schlafen gesehen hatte; zwei andere Investigatoren, kleine, schwächliche, aber ziemlich intelligente und tatkräftige Männer, die sich mit Armen und Beinen eng an Eusapia klammerten, eine große, dralle, ältliche Weibsperson, die nach Knoblauch stank und der es dennoch gelang, sie hinters Licht zu führen; und den skeptischen und peinlich angerührten Zauberer, den der «Kontrollgeist» der reizenden jungen Margery anwies, sich nicht im Futter des Morgenrockes zu verirren, sondern am linken Strumpf entlangzutasten, bis er den bloßen Schenkel erreiche – auf dessen warmer Haut er eine «teleplastische» Masse erspürte, die sich ungemein wie kalte, rohe Leber anfühlte.

7

Ich appellierte an das Fleisch und an den Verfall des Fleisches, das mögliche Fortdauern eines entkörperten Lebens zu widerlegen und zu entkräften. Ach, diese Beschwörungen verstärkten nur noch meine Furcht vor Dianas Geist. Wie die fernen Vorfahren des Menschen fand ich erst mit dem Morgengrauen atavistischen Frieden, und als ich einschlummerte, drang die Sonne durch die teegelben Fenstervorhänge in einen Traum ein, der auf unbestimmte Weise voll war von Diana.

Es war enttäuschend. Sicher in der Festung des Tageslichts, sagte ich mir, daß ich mehr erwartet hätte. Sie, eine Malerin glasklarer minuziöser Einzelheiten – und jetzt so vag! Ich lag im Bett, dachte über meinen Traum nach und lauschte den Sperlingen draußen: Wer weiß, ob diese Vogellaute, wenn man sie auf Band aufnähme und rückwärts spielte, nicht zu menschlicher Rede, zu klaren Worten würden, genau wie diese sich in ein Zwitschern verwandeln, wenn man sie rückwärts abspielt? Ich machte mich daran, meinen Traum noch einmal zu lesen – rückwärts, diagonal, senkrecht, waagerecht –, ich mühte mich ab, etwas in ihm aufzuspüren, was Diana ähnlich sähe, etwas Seltsames, Suggestives, das doch vorhanden sein mußte.

Eine irrsinnige, schmerzvolle, zwecklose Anstrengung. Pedantischstes Forschen ergab nur verschwommenen, obstinaten, nichtentzifferbaren Dämmer. Ihre albernen, närrischen Akrostichen, phantastischen Aurae, rührenden Klopfgeistauftritte, unverifizierbaren hellseherischen Raisonnements versprachen Offenbarungen, neckten mit ihrem rätselhaften Sinn. Yerbagelbe Beleuchtungseffekte, intrikate Lügengewebe.

Lance

1

Der Name des Planeten, falls er schon einen erhalten hat, tut nichts zur Sache. In seiner günstigsten Opposition mag er von der Erde gerade so viele Meilen entfernt sein, wie Jahre zwischen dem letzten Freitag und der Entstehung des Himalaja liegen – ein Millionenfaches vom Durchschnittsalter des Lesers. Im teleskopischen Bereich der Phantasie, durch das Prisma der Tränen würden alle Besonderheiten, die er etwa aufzuweisen hat, nicht auffälliger erscheinen als jene tatsächlich existierender Planeten. Eine rosige, mit schattigen Flecken gesprenkelte Kugel, ist er eins von unzähligen Objekten, die geschäftig in der unendlichen und sinnlosen Schrecklichkeit des fließenden Raumes rotieren.

Meines Planeten *maria* (die keine Meere sind) und seine *lacus* (sie sind keine Seen) haben, so wollen wir annehmen, auch Namen erhalten; einige davon sind möglicherweise weniger albern als die Namen von Zuchtrosen, andere nichtssagender als die Nachnamen ihrer Entdecker (denn daß – um tatsächliche Fälle herauszugreifen – ein Astronom Lampland heißen sollte, ist ein ebenso großes Wundes wie ein Entomologe namens Krautwurm); die meisten indes sind von so altertümlicher Art, daß sie es an klangvollem und ruchlosem Zauber mit den Ortsnamen in Ritterromanen aufnehmen können.

Genau wie unsere «Fichtenaus» hienieden oft wenig mehr zu bieten haben als eine Schuhfabrik auf der einen Seite der Geleise und das rostige Inferno eines Autofriedhofs auf der anderen, so mögen auch diese verführerischen Arkadien und Ikarien und Zephyrien auf Himmelsatlanten sich leicht als tote Wüsten erweisen, denen selbst die Schwalbenwurz fehlt, die unsere Schuttabladeplätze ziert. Selenographen werden das bestätigen, denn ihre Linsen leisten ihnen bessere Dienste als uns die unseren. Im vorliegenden Fall erscheint die Sprenkelung der Oberfläche des Planeten mit zunehmender Vergrößerung immer mehr wie von einem tauchenden Schwimmer gesehen, der durch halbdurchsichtiges Wasser nach oben späht. Und wenn manche untereinander verbundenen Markierungen undeutlich dem gelochten Linienmuster eines chinesischen Damebretts ähneln, so wollen wir sie als geometrische Halluzinationen gelten lassen.

Nicht nur jedem allzu bestimmten Gestirn versage ich es, in meiner Geschichte irgendeine Rolle zu spielen – eine Rolle, wie sie jedes Pünktchen in dieser Geschichte zu spielen hat (die ich als eine Art Himmelsatlas sehe) –, ich weigere mich auch, mich mit jenen technischen Prophezeiungen zu befassen, die, wie Reporter zu rapportieren wissen, Wissenschaftler ihnen zum besten geben. Der Raketen-Racket ist meine Sache nicht. Ebensowenig wie die kleinen künstlichen Satelliten, die der Erde verheißen sind; sternene Landebahnen für Raumschiffe – eins, zwei, drei, vier, und dann Tausende von Luftburgen, eine jede komplett mit Palas und Bergfried, von irdischen Nationen in einem Taumel wetteifernder Wirrsal, künstlicher Schwerkraft und wild flatternder Fahnen zusammengebaut.

Ein anderes, für das ich keinerlei Verwendung habe, ist die Sache mit den Spezialausrüstungen – der luftdichte Anzug, der Sauerstoffapparat – Gerätschaften dieser Art. Wie der alte Mr. Boke, von dem wir gleich noch hören werden, bin ich auf hervorragende Weise imstande, mich über solche praktischen Dinge hinwegzusetzen (die ohnehin verurteilt sind, künftigen Raumfahrern, wie etwa dem einzigen Sohn des alten Boke, absurd unpraktisch vorzukommen), denn die Gefühle, die technische Apparaturen in mir erwecken, reichen von dumpfem Mißtrauen zu krankhafter Angst. Nur unter heroischer Anstrengung kann ich mich dazu aufraffen, eine Glühbirne, die eines unerklärlichen Todes gestorben ist, gegen eine andere auszuwechseln, die mir dann ins Gesicht blendet, so gräßlich und plötzlich wie ein Drache, der einem in der nackten Hand aus dem Ei schlupft.

Schließlich habe ich für die sogenannte *«science fiction»* nur Ablehnung und Verachtung. Ich habe hineingeschaut und sie genauso langweilig gefunden wie Groschenkrimis – dieselbe Art öder Trivialliteratur mit endlosen Dialogen und Pendlerhumor in Mengen. Die Klischees sind natürlich verkleidet; im wesentlichen aber bleiben sie sich bei allem billigen Lesestoff gleich, ob dieser nun das Universum umspannt oder das Wohnzimmer. Sie sind wie jene Keks-Mischungen, deren Bestandteile nur in Form und Farbe verschieden sind; ihre raffinierten Hersteller verstricken damit den Konsumenten, dem das Wasser im Munde zusammenläuft, in eine verrückte Pawlowsche Welt, in der simple visuelle Variationen, die keine weiteren Kosten verursachen, den Geschmack beeinflussen und langsam ersetzen, so daß er alsbald den Weg aller Begabung und Wahrheit geht.

So grinst denn der brave Kerl, der Schurke hohnlächelt, und ein edles Gemüt führt Slangreden im Munde. Sternzaren und Direktoren von Galaktischen Gewerkschaften sind praktisch Abbilder jener forschen, rothaarigen Manager in höchst irdischen Erdenstellungen, die mit ihren kleinen Runzeln die zu Herzen gehenden Geschichten der abgegriffenen Illustrierten in Frisiersalons illustrieren. Eroberer von Denebola und Spica, die Polizisten der Virgo, haben Namen mit Mac am Anfang; kalte Wissenschaftler findet man gewöhnlich unter den -steins; einige von ihnen teilen mit den supergalaktischen Girls so abstrakte Etiketts wie Biola oder Vala. Bewohner anderer Planeten, «vernunftbegabte» Wesen, humanoid oder des einen oder anderen mythischen Fabrikats, haben einen bemerkenswerten Zug gemeinsam: Ihre intime Struktur wird niemals enthüllt. In einem äußersten Zugeständnis an die Sittsamkeit der Zweifüßler tragen Kentauren nicht einfach nur einen Lendenschurz; sie tragen ihn um die Vorderbeine.

Damit scheint die Eliminierung abgeschlossen – falls nicht irgend jemand die Zeitfrage zu erörtern wünscht? Auch hier wieder überlasse ich es gern den fähigen Pranken eines Starzan und anderen Helden von Comic-

oder Atomic-Streifen, die ehrliche «1» in unserem «1900» gegen eine anmaßende «2» oder «3» zu vertauschen, um den jungen Emery L. Boke deutlich zu sehen, meinen mehr oder minder entfernten Nachfahren, der ein Mitglied der ersten interplanetarischen Expedition sein soll (welche schließlich das einzige, bescheidene Postulat meiner Erzählung ist). Mag es nun A. D. 2145 sein oder A. A. 200, darauf kommt es nicht an. Ich habe nicht die Absicht, irgendwelchen begründeten Ansprüchen ins Gehege zu kommen. Dies ist eine reine Laienvorstellung, mit recht beiläufigen Requisiten, einem Minimum an Kulissen und den borstigen Überresten eines toten Stachelschweins in einer Ecke der alten Scheune. Wir sind hier unter Freunden, den Browns und den Bensons, den Whites und den Wilsons, und wenn jemand hinausgeht, um zu rauchen, so hört er die Grillen und in der Ferne einen Hofhund (der sein Gebell zuweilen unterbricht, um auf etwas zu horchen, was wir nicht hören können). Der Sommernachtshimmel ist ein Durcheinander von Sternen. Emery Lancelot Boke mit einundzwanzig weiß unendlich viel mehr über sie als ich, der ich fünfzig bin und gepackt von Entsetzen.

2

Lance ist groß und dünn, hat kräftige Sehnen und grünliche Venen auf seinen sonnengebräunten Unterarmen und eine Narbe auf der Stirn. Wenn er nichts tut, nur unruhig dasitzt wie eben, auf der Kante eines niedrigen Sessels, vorgebeugt, die Schultern angezogen, die Ellbogen auf die großen Knie gestützt, dann hat er die Angewohnheit, die schönen Hände langsam zu falten und wieder zu öffnen – eine Geste, die ich für ihn von einem seiner Vorfahren ausleihe. Sein gewöhnlicher Ausdruck ist der des Ernstes, der unbehaglichen Konzentration (alles Denken ist unbehaglich, und insbesondere junges Denken); im Augenblick jedoch ist es eine Art Maske, die seinen wilden Wunsch verbirgt, sich einer langanhaltenden Spannung zu entledigen. In der Regel lächelt er nicht oft, und außerdem ist «lächeln» ein zu glattes Wort für die abrupte, strahlende Verzerrung, die nun plötzlich seinen Mund und seine Augen erhellt, während die Schultern noch höher gezogen werden, die unruhigen Hände gefaltet bleiben und er leicht mit dem Zeh des einen Fußes auftippt. Seine Eltern sind mit im Zimmer und ebenfalls ein zufälliger Besucher, ein Dummkopf und Langweiler, der nicht merkt, was hier vor sich geht – denn dies ist ein Augenblick der Verlegenheit in einem düsteren Haus am Vorabend eines ungeheuerlichen Aufbruchs.

Eine Stunde verstreicht. Endlich hebt der Besucher seinen Zylinderhut vom Teppich auf und geht. Lance bleibt allein mit seinen Eltern, was die Spannung nur noch erhöht. Mr. Boke sehe ich deutlich genug vor mir. Aber Mrs. Boke kann ich mir in keiner Weise klar vorstellen, wie tief ich mich auch in meine schwierige Trance versenke. Ich weiß, daß sie ihre Fröhlichkeit – Geplauder, rascher Augenaufschlag – weniger ihres Sohnes wegen als vielmehr für ihren Mann und sein alterndes Herz aufrechterhält, und der alte Boke merkt das nur zu gut; neben seiner eigenen ungeheuren Beklommenheit muß er es nun auch noch mit ihrer gespielten Munterkeit aufnehmen, die ihm stärker zusetzt als ein gänzlicher und bedingungsloser Zusammenbruch. Ich bin etwas enttäuscht, daß ich ihre Züge nicht ausmachen kann. Das einzige, was ich flüchtig zu erkennen vermag, ist ein zerfließender Schimmer Lichts auf der einen Seite ihres verschwommenen Haars; vermutlich bin ich darin auf heimtückische Weise von den Standardeffekten der modernen Photographie beeinflußt, und ich spüre, wieviel leichter das Schreiben in früheren Tagen gewesen sein muß, als unsere Vorstellungskraft noch nicht von all diesem Anschauungsmaterial eingeengt war und ein Pionier, der seinen ersten Riesenkaktus oder den ersten Gebirgsschnee betrachtete, nicht zwangsläufig an die Bildreklame einer Reifenfirma erinnert wurde.

Im Falle von Mr. Boke ertappe ich mich dabei, daß ich mit den Gesichtszügen eines alten Geschichtsprofessors operiere, eines hervorragenden Fachmanns fürs Mittelalter, dessen weißer Backenbart, rosa Schädel und schwarzer Anzug auf einem gewissen sonnigen Universitätsgelände im tiefen Süden berühmt sind, aber deren ganzer Vorteil im Zusammenhang mit dieser Geschichte (außer einer leichten Ähnlichkeit mit einem lang verstorbenen Großonkel von mir) darin besteht, daß seine Erscheinung etwas Unzeitgemäßes hat. Wer sich selbst gegenüber ganz ehrlich ist, wird zugeben, daß nichts Außergewöhnliches in der Neigung liegt, den Sitten und Kleidern einer fernen Zeit (die zufällig in der Zukunft liegt) etwas Altmodisches zu geben, ein schlechtgebügeltes, ungepflegtes, staubiges Etwas – sind doch Begriffe wie «unzeitgemäß», «anachronistisch» und so weiter auf die Dauer die einzigen, mit denen wir uns eine Fremdartigkeit vorstellen und ihr Ausdruck verleihen können, die keine Forschung vorherzusehen vermag. Das Zukünftige ist nur die Umkehrung des Veralteten.

In jenem armseligen Zimmer, in gelblichem Lampenlicht, spricht Lance noch über ein paar letzte Dinge. Unlängst hat er von einem wüsten Fleck in den Anden, wo er irgendeinen noch namenlosen Gipfel bestieg, ein junges Chinchilla-Pärchen mitgebracht – aschgraue, kaninchengroße Nagetiere *(Hystricomorpha)* mit erstaunlich viel Fell, langen Schnurrhaaren, rundem Hinterteil und Ohren wie Blütenblätter. Er hält sie im Haus, in einem Stall mit einer Drahtgitterwand, und gibt ihnen Erdnüsse, Puffreis und Rosinen zu fressen und als besonderen Leckerbissen ein Veilchen oder eine Aster. Er hofft, daß sie im Herbst Junge werfen. Jetzt wiederholt er seiner Mutter ein paar nachdrückliche Anweisungen – das Futter seiner Lieblinge knusprig, den Stall trocken zu halten und ihr tägliches Staubbad nicht zu vergessen (feiner Sand mit zerstoßener Kreide gemischt), in dem sie höchst munter zappeln und sich wälzen. Während dies besprochen wird, zündet Mr. Boke immer wieder seine Pfeife an und legt sie schließlich weg. Mit einem Ausdruck gespielter, wohlwollender Geistesabwesenheit beginnt der alte Mann hin und wieder mit einer Reihe von Lauten und Bewegungen, die niemanden täuschen; er räuspert sich und tritt, die Hände auf dem Rücken verschränkt, wie zufällig ans Fenster; oder er summt mit geschlossenen Lippen und ohne Melodie vor sich hin; und scheinbar von diesem kleinen nasalen Motor angetrieben, schreitet er aus dem Zimmer. Aber kaum hat er die Bühne verlassen, schüttelt er sich und wirft den komplizierten Bau seiner gütigen, brummelnden Rolle ab. In einem Schlafzimmer oder Badezimmer hält er ein, als wolle er in elender Verlassenheit aus irgendeiner versteckten Flasche tief und krampfhaft trinken, und schwankt sogleich wieder hinaus, trunken vor Kummer.

Die Bühne ist unverändert, als er still zurückkehrt, seine Jacke zuknöpft und das leise Summen wieder aufnimmt. Es handelt sich jetzt nur noch um Minuten. Lance schaut in den Stall, bevor er geht, und läßt Chin und Chilla, jedes mit einer Blume in den Vorderpfoten, auf ihren Hinterbeinen sitzend zurück. Das einzige, was ich sonst von diesen letzten Augenblicken weiß, ist, daß Redensarten wie «hast du auch das frischgewaschene Seidenhemd nicht vergessen?» oder «weißt du, wo du die neuen Pantoffeln hingetan hast?» unterblieben. Alles, was Lance mitnimmt, ist bereits an dem geheimnisvollen, unnennbaren und entsetzlichen Ort seiner Abreise zur Stunde Null beisammen; von dem, was wir brauchen, braucht er nichts; mit leeren Händen und ohne Hut geht er aus dem Haus, lässig und unbeschwert wie einer, der zum Zeitungsstand geht – oder auf ein ruhmreiches Schafott.

3

Irdischer Raum liebt Verborgenheit. Das Äußerste, was er dem Auge bietet, ist ein Panorama. Der Horizont schließt sich vor dem sich entfernenden Reisenden wie eine in Zeitlupentempo bewegte Falltür. Für den Zurückbleibenden ist jede auch nur eine Tagesreise entfernte Stadt unsichtbar, während man solche Transzendenzen wie beispielsweise ein lunares Amphitheater und den von seinem kreisförmigen Gebirgskamm geworfenen Schatten ohne weiteres erkennen kann. Der Zauberer, der das Firmament zur Schau stellt, hat die Ärmel hochgerollt und gibt seine Vorstellung direkt vor den Augen seiner kleinen Zuschauer. Planeten mögen der Sicht entschwinden (genau wie Gegenstände von der verschwommen wahrnehmbaren Rundung der eigenen Wange ausgelöscht werden); doch sie sind wieder da, wenn die Erde den Kopf wendet. Die Nacktheit der Nacht ist grauenhaft. Lance ist gegangen; die Zerbrechlichkeit seiner jungen Glieder wächst in demselben Maß wie die Entfernung, die er zurücklegt. Von ihrem Balkon schauen die alten Bokes in den unendlich gefährlichen Nachthimmel und beneiden glühend das Los von Fischersfrauen.

Wenn Bokes Quellen stimmen, taucht der Name «Lanceloz del Lac» zuerst in Vers 3676 des *Roman de la Charrete* aus dem zwölften Jahrhundert auf. Lance, Lancelin, Lancelotik – Diminutive, zu den überflutenden, salzigen, feuchten Sternen emporgeflüstert. Ritter, die in jungen Jahren das Harfenspiel, die Falkenbeize und die Jagd erlernen; der Wald der Gefahren und die Burg der Schmerzen; Aldebaran, Beteigeuze – der Donner sarazenischer Schlachtrufe. Wunderbare Waffentaten, wunderbare Krieger funkeln in den furchtbaren Sternbildern über dem Balkon der Bokes: Herr Percard, der Schwarze Ritter, und Herr Perimones, der Rote Ritter, und Herr Pertelope, der Grüne Ritter, und Herr Persant, der Blaue Ritter, und jener barsche alte Herr Grummore Grummursum, der nordische Flüche vor sich hin murmelt. Der Feldstecher nützt wenig, die Karte ist ganz zerknittert und feucht, und «du hältst die Taschenlampe nicht richtig» – dies zu Mrs. Boke.

Tief Luft holen. Noch einmal hinsehen.

Lancelot ist fort; die Aussicht, ihn im Leben wiederzusehen, ist etwa so groß wie die auf ein Wiedersehen in der Ewigkeit. Lancelot ist aus dem Land der *Eau Grise* (wie wir die Großen Seen nennen könnten) verbannt und fährt nun auf in den Staub des Nachthimmels, fast so schnell, wie unser hiesiges Universum (mit dem Balkon und dem pechschwarzen, optisch gesprenkelten Garten) auf König Artus' Leier zueilt, wo die Wega brennt und winkt – eines der wenigen Objekte, die mit Hilfe dieser verdammten Karte identifiziert werden können. Der Sternendunst verursacht den Bokes Schwindel – grauer Weihrauch, Wahnsinn, Unendlichkeitsübelkeit. Doch sie können sich nicht losreißen von diesem Alpdruck des Raums, können nicht zurückkehren in das erleuchtete Schlafzimmer, von dem eine Ecke in der Glastür zu sehen ist. Und dann geht *er* auf, der Planet, wie ein winziges Freudenfeuer.

Da, zur Rechten, ist die Schwertbrücke, die ins Jenseits führt (*«dont nus estranges ne retorne»*). Lancelot kriecht über sie unter großen Schmerzen, unter unsäglicher Qual hinweg. «Du sollst den Paß nicht passieren, der genannt ist der Paß der Gefahren.» Doch ein anderer Zauberer befiehlt: «Du sollst. Es soll dir sogar Humor eigen werden, der dir hinweghilft über den Ort der Prüfung.» Die tapferen alten Bokes glauben Lancelot zu erkennen, wie er mit Steigeisen den vereisten Fels des Himmels erklimmt oder still eine Spur durch den weichen Schnee der Spiralnebel zieht. Bootes, irgendwo zwischen Camp X und XI, ist ein großer Gletscher ganz aus Schutt und Eisfällen. Wir versuchen, die Serpentinen seines Aufstiegs zu verfolgen; scheinen Lances leichte Schlankheit zwischen den verschiedenen aneinandergeseilten Silhouetten unterscheiden zu können. Fort! War er es oder Denny (ein junger Biologe, Lances bester Freund)? Während wir im dunklen Tal zu Füßen des senkrechten Himmels warten, erinnern wir uns (Mrs. Boke deutlicher als ihr Mann) an jene besonderen Namen für Gletscherspalten und gotische Eisgebäude, die Lance in seiner alpinen Knabenzeit mit soviel professionellem Gusto im Mund führte (inzwischen ist er um mehrere Lichtjahre älter); Eisnadeln und Schründe; Lawinen und ihr dumpfer Donner; französische Echos und germanisches Zauberwesen in enger Nagelschuhgemeinschaft dort oben, wie in mittelalterlichen Romanzen.

Ah, da ist er wieder! Überquert eine Scharte zwischen zwei Sternen; versucht dann, sehr langsam, eine Traversierung an einer so steilen, so glatten, so wenig Halt bietenden Felswand, daß es schon Höhenschwindel hervorruft, an seine tastenden Fingerspitzen und schabenden Stiefel auch nur zu denken. Und durch fließende Tränen hindurch erblicken die alten Bokes nun Lance hilflos auf einem Felsgesims und dann wieder kletternd und jetzt, in schrecklicher Sicherheit, mit Eispickel und Rucksack auf dem höchsten aller Gipfel, sein zielstrebiges Profil lichtumrandet.

Oder ist er etwa schon beim Abstieg? Ich nehme an, daß keine Nachricht von den Entdeckungsreisenden kommt und die Bokes ihre herzergreifenden Nachtwachen fortsetzen. Während sie auf die Rückkehr ihres Sohnes warten, scheint jeder Weg seines Abstiegs in den Abgrund ihrer Verzweiflung zu führen. Aber vielleicht hat er sich über diese stark geneigten nassen Schieferplatten, die senkrecht in die Tiefe abfallen, hinweggeschwungen, hat er den Überhang bezwungen und gleitet nun glücklich steile himmlische Schneefelder hinab?

Da indessen die Türklingel der Bokes an der logischen Kulmination einer imaginären Reihe von Schritten nicht ertönt (wie geduldig wir auch einen auf den anderen folgen lassen, wenn sie in unserer Vorstellung näher und näher kommen), müssen wir ihn zurückversetzen und seinen Anstieg von vorn beginnen lassen und ihn dann noch weiter zurückversetzen, so daß er sich immer noch im Hauptquartier befindet (wo die Zelte sind und die offenen Latrinen und die bettelnden Kinder mit Füßen schwarz von Schmutz), lange nachdem wir uns vorgestellt hatten, wie er gebückt unter der Magnolie hindurch über den Rasen zur Tür und zur Türglocke heraufkommt. Als sei er müde von seinen vielen Auftritten im Geist seiner Eltern, müht Lance sich jetzt beschwerlich durch schlammige Pfützen und dann einen Hügel hinauf, bald rutschend, bald kriechend auf dem welken Gras des Hangs, in der trostlosen Landschaft eines fernen Krieges. Vor ihm liegt noch ein Stück bergsteigerischer Routinearbeit, und dann der Gipfel. Der Kamm ist bezwungen. Unsere Verluste sind groß. Wie wird man benachrichtigt? Telegraphisch? Durch Einschreibebrief? Und wer ist der Scharfrichter – ein Sonderkurier oder der gewöhnliche Briefträger mit dem schleppenden Gang und der roten Nase, der immer ein wenig angeheitert ist (er hat selber so seine Sorgen)? Hier unterschreiben. Großer Daumen. Kleines Kreuz. Schwacher Bleistift. Sein Holz ist dunkles Violett. Ihn zurückgeben. Die unleserliche Unterschrift heranwankenden Unglücks.

Doch nichts kommt. Ein Monat vergeht. Chin und Chilla sind in bester Verfassung und scheinen einander sehr gewogen – zu einem wolligen Knäuel zusammengekuschelt, schlafen sie zusammen in der Nistecke. Nach vielen Versuchen hatte Lance einen Ton entdeckt, der den Chinchillas eindeutig zusagte und zustande gebracht wurde, indem man mit gespitztem Mund in rascher Folge mehrere leise, feuchte Schlürflaute ausstieß, so wie man mit einem Strohhalm trinkt, wenn das Getränk zur Neige geht und nur noch ein Rest aufzusaugen ist. Aber seine Eltern bringen ihn nicht zustande – die Tonhöhe ist falsch oder sonst etwas. Und es herrscht unerträgliche Stille in Lances Zimmer mit seinen zerlesenen Büchern, den fleckigen weißen Regalen, den alten Schuhen, dem verhältnismäßig neuen Tennisschläger in seinem absurd sicheren Spannrahmen und einem Penny auf dem Boden des Kleiderschranks – und all das erfährt eine prismatische Auflösung, bis man die Schraube anzieht und alles wieder scharf und klar wird. Und schon kehren die Bokes auf ihren Balkon zurück. Hat er sein Ziel erreicht – und wenn ja, kann er uns sehen?

4

Der klassische Ex-Sterbliche betrachtet, auf einen Ellbogen gestützt, von einem blumenreichen Bergvorsprung aus diese Erde, dieses Spielzeug, diesen Kinderkreisel, der sich vor den Augen der Schaulustigen langsam in seinem Modellfirmament dreht, jeder Umriß so fröhlich und klar – die aufgemalten Ozeane, die Ostsee eine betende Frau, ein Standfoto der eleganten Amerikas bei ihrem Trapezkunststück und Australien wie ein auf der Seite liegendes Baby-Afrika. Unter meinen Zeitgenossen mag es Leute geben, die von ihrem Geist halb und halb erwarten, daß er mit Schaudern und einem Seufzer vom Himmel auf seinen heimatlichen Planeten herabschaut und ihn von Breitengraden umgürtet, von Längengraden umspannt und vielleicht von den fetten, schwarzen, teuflisch gekrümmten Pfeilen globaler Kriege gezeichnet sieht; oder, erfreulicherer Anblick, wie eine jener Bilderkarten von Ferienparadiesen ausgebreitet, mit einem trommelschlagenden Reservationsindianer hier und dort einem Mädchen in Shorts, mit konischen Koniferen an konischen Bergen und Anglern allerenden.

In Wahrheit, nehme ich an, würde mein junger

Nachfahr in seiner ersten Nacht draußen, in der vorgestellten Stille einer unvorstellbaren Welt, die Oberfläche unserer Erdkugel durch die Tiefen ihrer Atmosphären hindurch zu betrachten haben; das aber bedeutete: Staub, vereinzelte Lichtreflexe, Dunst und alle möglichen optischen Täuschungen, so daß Kontinente, falls sie überhaupt durch die wechselnde Bewölkung hindurchschienen, in seltsamen Verkleidungen vorüberzögen, mit unerklärlichen Farbschimmern und unkenntlichen Umrissen.

Aber all das ist nebensächlich. Das Hauptproblem ist dies: Wird der Geist des Weltraumfahrers den Schock überstehen? Man versucht, sich die Natur dieses Schocks so genau auszumalen, wie es die eigene geistige Sicherheit zuläßt. Und wenn so schreckliche Risiken bereits die bloße Vorstellung belasten, wie dann wird die wirkliche Qual zu ertragen und zu bewältigen sein?

Zunächst und vor allem wird es Lance mit dem atavistischen Moment aufzunehmen haben. So fest haben sich Mythen in den strahlenden Himmel verschanzt, daß der gewöhnliche Menschenverstand sich gerne um die Aufgabe drückt, an den hinter ihnen liegenden ungewöhnlichen Sinn heranzukommen. Die Unsterblichkeit braucht einen Stern, auf dem sie bestehen kann, wenn sie sprießen und blühen und Tausende blaugefiederter Engelsvöglein tragen will, die alle so lieblich singen wie kleine Eunuchen. Tief im Geist des Menschen ist Sterben gleichbedeutend mit einem Verlassen der Erde. Ihrer Schwerkraft entrinnen heißt das Grab überwinden, und ein Mensch, der sich auf einem anderen Planeten wiederfindet, hat tatsächlich keine Möglichkeit, sich zu beweisen, daß er nicht tot ist – daß der naive alte Mythos sich nicht doch erfüllt hat.

Ich denke nicht an den Schwachkopf, den ordinären unbehaarten Menschenaffen, der über gar nichts staunt; seine einzige Kindheitserinnerung ist die an ein Maultier, das ihn gebissen hat; sein einziges Bewußtsein von der Zukunft ein Wunschbild von Tisch und Bett. Woran ich denke, das ist der Mann von Phantasie und Wissen, dessen Mut ohne Grenzen ist, weil seine Neugier größer ist als sein Mut. Nichts hält ihn zurück. Er ist der *curieux* früherer Zeiten, aber von kräftigerer Statur und mit frischerem Herzen. Wenn es darum geht, einen Himmelskörper zu erforschen, so wird ihm die Befriedigung des leidenschaftlichen Wunsches zuteil, den nie zuvor berührten Stoff, aus dem der Sternleib besteht, mit eigenen Händen zu berühren, ihn zu streicheln, zu betrachten, einzuatmen und wieder zu streicheln – mit eben dem Lächeln namenloser, stöhnender, wehmütiger Lust. Jeder wahre Wissenschaftler (natürlich nicht der talentlose Scharlatan, dessen einziger Schatz die Unwissenheit ist, die er wie einen Knochen versteckt) sollte imstande sein, dieses sinnliche Vergnügen unmittelbarer und göttlicher Erkenntnis zu erfahren. Er mag zwanzig sein oder fünfundzwanzig, ohne dieses Prickeln gibt es keine Wissenschaft. Und aus solchem Stoff ist Lance gemacht.

Wenn ich meine Phantasie aufs äußerste anspanne, sehe ich ihn die Panik überwinden, die der Affe vielleicht nie gefühlt hätte. Ohne Zweifel, Lance könnte in einer orangefarbenen Staubwolke gelandet sein, irgendwo mitten in der Wüste Tharsis (wenn das eine

Wüste ist) oder nahe einem violetten Gewässer – Phoenicis oder Oti (wenn es doch Seen sein sollten). Andererseits... Wie das nämlich so geht in solchen Fällen, manches wird bestimmt sofort geklärt, auf schreckliche und unwiderrufliche Weise, während andere Dinge eins nach dem anderen an die Reihe kommen und nach und nach enträtselt werden. Als ich ein Junge war...

Als ich ein Junge war, sieben oder acht Jahre alt, pflegte ich einen ungefähr auf gleiche Weise wiederkehrenden Traum zu träumen, der in einer bestimmten Umgebung spielte, die ich rational niemals wiederzuerkennen oder zu identifizieren vermochte, obwohl ich manches fremde Land gesehen habe. Ich bin geneigt, sie jetzt zu verwenden, um ein klaffendes Loch, eine offene Wunde in meiner Geschichte zu verdecken. Es war nichts Besonderes an jener Umgebung, nichts Monströses oder auch nur Seltsames: nur ein Stück unverbindlicher Festigkeit, von einem Stück ebener Erde vorgestellt und von etwas neutralem Nebel überzogen; mit anderen Worten, mehr die belanglose Kehrseite einer Ansicht als diese selber. Das Störende an diesem Traum war, daß ich aus irgendeinem Grunde nicht um diese Ansicht herumgehen konnte, um ihr von gleich zu gleich gegenüberzutreten. Im Nebel dort lauerte ein massives Etwas – eine Gesteinsmasse oder ähnliches – von bedrückender und gänzlich sinnloser Gestalt, und im Verlauf meines Traumes füllte ich unaufhörlich irgendeinen Behälter (in die Sprache des Traums übersetzt: einen «Eimer») mit kleinerer Masse (übersetzt: «Kiesel»), und meine Nase blutete, doch ich war zu ungeduldig und zu aufgeregt, um etwas dagegen zu tun.

Und jedesmal, wenn ich diesen Traum hatte, begann hinter mir plötzlich jemand zu schreien, und ich erwachte gleichfalls schreiend, so daß ich den ersten, anonymen Schrei mit seinem anfänglichen ansteigenden Jubelton fortsetzte, ohne daß ihm jetzt noch irgendein Sinn zukam – wenn je ein Sinn darin gewesen war. Um auf Lance zurückzukommen, so möchte ich meinen, daß etwas in der Art meines Traumes... Doch komisch, wenn ich überlese, was ich niedergeschrieben habe, so schwindet sein Hintergrund, die tatsächliche Erinnerung – ist mittlerweile völlig entschwunden –, und ich habe keine Möglichkeit, mir zu beweisen, daß hinter ihrer Beschreibung überhaupt irgendeine persönliche Erfahrung steht. Was ich sagen wollte, war, daß vielleicht Lance und seine Gefährten, als sie ihren Planeten erreichten, etwas empfanden, was meinem Traum verwandt ist – dem Traum, der mir nun nicht mehr gehört.

5

Und sie waren zurück! Ein Reiter, klippertiklapp, galoppiert durch den strömenden Regen über die Kopfsteinpflasterstraße zum Haus der Bokes, hält am Gartentor nahe der triefenden Magnolie und ruft die ungeheure Nachricht aus, indes die Bokes wie zwei hystricomorphe Nagetiere aus dem Haus gestürzt kommen. Sie sind zurück! Die Piloten sind zurück und die Astrophysiker und einer der Naturforscher (der andere, Denny, ist tot und wurde im Himmel zurückgelassen, womit der alte Mythos einen kuriosen Punkt für sich verbuchte).

Im sechsten Stock eines Provinzkrankenhauses, sorgfältig vor den Journalisten verborgen, befinde sich ihr Junge, so wird Mr. und Mrs. Boke gesagt, in einem kleinen Wartezimmer, zweite Tür rechts, bereit, sie zu empfangen; im Ton dieser Auskunft liegt etwas von scheuer Ehrerbietung, als bezöge sie sich auf einen Märchenkönig. Sie mögen leise eintreten; eine Krankenschwester, Mrs. Coover, wird ständig anwesend sein. Doch, es gehe ihm gut, sagt man ihnen – in einer Woche könne er sicherlich nach Hause. Dennoch sollten sie nicht länger als ein paar Minuten bleiben, und bitte keine Fragen – reden Sie über dies und das. Sie wissen schon. Und dann sagen Sie, daß Sie morgen oder übermorgen wiederkommen.

Lance, in grauem Morgenrock, kurzgeschoren, Sonnenbräune abgeblaßt, verändert, unverändert, verändert, dünn, Saugwatte in den Nasenlöchern, sitzt auf der Kante einer Couch, die Hände gefaltet, ein wenig verlegen. Steht schwankend und mit einer strahlenden Grimasse auf und setzt sich wieder. Mrs. Coover, die Krankenschwester, hat blaue Augen und kein Kinn.

Anhaltendes Schweigen. Dann Lance: «Es ist wunderbar. Einfach wunderbar. Im November fahre ich wieder.»

Pause.

«Ich glaube», sagt Mr. Boke, «Chilla kriegt Junge.»

Rasches Lächeln, kleine Verneigung, zum Zeichen befriedigten Verständnisses. Dann, im Erzählerton: *«Je vais dire ça en français! Nous venions d'arriver ...»*

«Zeigen Sie ihnen doch den Brief vom Präsidenten», sagt Mrs. Coover.

«Wir waren gerade angekommen», fährt Lance fort, «und Denny war noch am Leben, und das erste, was er und ich sahen...»

Plötzlich aufgescheucht, unterbricht Schwester Coover: «Nein, Lance, nein. Bitte nicht, gnädige Frau. Keine Berührungen. So hat es der Arzt angeordnet, *bitte.*»

Warme Schläfe, kaltes Ohr.

Mr. und Mrs. Boke werden hinausgeleitet. Sie gehen rasch – obwohl keine Eile ist, überhaupt keine Eile, gehen den Korridor hinunter, an seiner schäbigen, oliv- und ockerfarbenen Wand entlang, deren unteres Olivgrün von dem oberen Ockergelb durch eine fortlaufende braune Linie getrennt ist, die zu den ehrwürdigen Aufzügen führt. Aufwärts (flüchtiger Anblick eines Greises im Rollstuhl). Im November wieder (Lancelin). Abwärts (die alten Bokes). In jenem Fahrstuhl befinden sich zwei lächelnde Frauen und, Gegenstand ihrer freudigen Sympathie, ein junges Mädchen mit einem Säugling und außerdem der grauhaarige, gebeugte, mürrische Fahrstuhlführer, der allen den Rücken kehrt.

Zu dieser Ausgabe

Soweit heute bekannt, hat Vladimir Nabokov zwischen 1920 und 1951 insgesamt 70 Erzählungen geschrieben. Diese Ausgabe strebt zwar Vollständigkeit an, aber drei der russischen Jugenderzählungen fehlen ihr: Sie sind entweder unter den nachgelassenen Papieren nicht wieder aufgetaucht oder wurden nicht zur Veröffentlichung freigegeben. Es ist nicht ganz ausgeschlossen, daß in Archiven und Bibliotheken mit russischer Exilliteratur eines Tages weitere ans Licht kommen, von denen heute niemand etwas ahnt.

Nabokovs Erzählungen entstanden in drei Sprachen: russisch (59), englisch (10), französisch (1). 47 der russischsprachigen wurden vom Autor allein oder von seinem Sohn Dmitri Nabokov in Zusammenarbeit mit ihm ins Englische übertragen. Dabei machten sie gelegentlich leichte Veränderungen durch (am stärksten «Berlin, ein Stadtführer» und «Ein Märchen»). In jedem Fall handelt es sich bei den englischen Übersetzungen um die spätere Textfassung, die als die definitive gelten kann und darum bei ihnen allen zugrunde gelegt wurde. Bisher zwei Texte wurden von Dmitri Nabokov nach dem Tod des Autors aus dem Russischen ins Englische übersetzt («Die Schlägerei» und «Der Zauberer», eine Art Vorstudie zu «Lolita»); auch hier bildete die englische Fassung die Übersetzungsvorlage.

Zwei der Erzählungen («Mademoiselle O», «Erste Liebe») gingen unverändert als selbständige Kapitel in Nabokovs Memoiren «Erinnerung, sprich» (1951) ein. Bei deren späterer Bearbeitung und Erweiterung (1967) veränderten sie sich so stark, daß ihre Erzähllinie verwischt wurde. Darum wurden sie hier in ihrer ursprünglichen Gestalt aufgenommen; im Memoirenband finden sie sich in ihrer späteren Gestalt. Zwei Stücke («Ultima Thule» und «Solus Rex») waren eigentlich Kapitel eines russischsprachigen Romans, der nie vollendet wurde; Nabokov hat sie selber in einem Sammelband unter die Erzählungen aufgenommen.

Bibliographische Nachweise

Einzelnachweise:

Die Nachweise nennen Originaltitel und Originalsprache, wo immer möglich Zeit und Ort der Entstehung, Erstveröffentlichung, Aufnahme in Sammelbände, gegebenenfalls die englische Übersetzung (Titel, Übersetzer) und den Sammelband, in dem sie enthalten ist, den deutschen Übersetzer der vorliegenden Fassung und gegebenenfalls frühere deutsche Buchveröffentlichungen. Nachdrucke in Zeitschriften werden in keiner Sprache verzeichnet; deutschsprachige Vorabdrucke ebenfalls nicht.

Bei den Zitaten, die in vielen Fällen jeweils am Ende des Nachweises stehen, handelt es sich – mit Ausnahme der beiden Zitate zu «Der Zauberer» – um die Vorbemerkungen, die Vladimir Nabokov seinen Geschichten in den drei letzten englischsprachigen Sammelbänden voranstellte. Manchmal wiederholen sie nur die bibliographischen Angaben, meist aber geben sie auch den einen oder anderen Hinweis zu den Geschichten selber. Da solche Hinweise oft so eng in die reinen bibliographischen Angaben verwoben sind, daß sie sich nicht herausoperieren lassen, wurden die Vorbemerkungen ganz wiedergegeben und Wiederholungen in Kauf genommen; weggelassen wurden lediglich Angaben über etwaige Zeitschriften-Vorabdrucke der englischen Fassungen.

(58) Der Regieassistent
Englisches Original: «The Assistant Producer»
Geschrieben vor März 1943 in Boston
Erstveröffentlichung: «The Atlantic Monthly», Boston, 171(3)/Mai 1943, Seite 68–74
Enthalten in den Sammlungen «Nine Stories», 1947, und «Nabokov's Dozen», 1958

Aus dem Englischen von Dieter E. Zimmer
Enthalten in der Sammlung «Frühling in Fialta», 1966

(59) «... daß in Aleppo einst...»
Englisches Original: «‹That in Aleppo Once...›»
Geschrieben vor Juni 1943 in Boston
Erstveröffentlichung: «The Atlantic Monthly», 72(5)/November 1943, Seite 88–92
Enthalten in den Sammlungen «Nine Stories», 1947, und «Nabokov's Dozen», 1958

Aus dem Englischen von Dieter E. Zimmer
Enthalten in der Sammlung «Frühling in Fialta», 1966

(60) Ein vergessener Dichter
Englisches Original: «A Forgotten Poet»
Geschrieben vor Juni 1944 in Boston
Erstveröffentlichung: «The Atlantic Monthly», Boston, 174(4)/Oktober 1944, Seite 60–65
Enthalten in den Sammlungen «Nine Stories», 1947, und «Nabokov's Dozen», 1958

Aus dem Englischen von Dieter E. Zimmer
Enthalten in der Sammlung «Frühling in Fialta», 1966

(61) Zeit und Ebbe
Englisches Original: «Time and Ebb»
Geschrieben vor Oktober 1944 in Boston
Erstveröffentlichung: «The Atlantic Monthly», 175(1)/Januar 1945, Seite 81–84
Enthalten in den Sammlungen «Nine Stories», 1947, und «Nabokov's Dozen», 1958

Aus dem Englischen von Dieter E. Zimmer
Enthalten in der Sammlung «Frühling in Fialta», 1966

(62) Genrebild 1945
Englisches Original: «Double Talk»
Geschrieben etwa Mai 1945 in Boston
Erstveröffentlichung: «The New Yorker», New York, 21(19)/23. Juni 1945, Seite 20–25
Enthalten in den Sammlungen «Nine Stories», 1947, und «Nabokov's Dozen», 1958, unter dem Titel «Conversation Piece, 1945»

Aus dem Englischen von Dieter E. Zimmer
Enthalten in der Sammlung «Frühling in Fialta», 1966

(63) Zeichen und Symbole
Englisches Original: «Signs and Symbols»
Geschrieben vor November 1947 in Boston
Erstveröffentlichung: «The New Yorker», New York, 24(12)/15. Mai 1948, Seite 31–33
Enthalten in der Sammlung «Nabokov's Dozen», 1958

Aus dem Englischen von Renate Gerhardt
Enthalten in der Sammlung «Frühling in Fialta», 1966

(64) Erste Liebe
Englisches Original: «Colette»
Geschrieben 1948 in Boston
Erstveröffentlichung: «The New Yorker», New York, 24(23)/31. Juli 1948, Seite 19–22
Enthalten in der Sammlung «Nabokov's Dozen», 1958, unter dem Titel «First Love» und als Kapitel 7 in der Autobiographie «Andere Ufer», Rowohlt, Reinbek 1964, sowie in erweiterter Form in der ergänzten und revidierten Fassung der Autobiographie «Sprich, Erinnerung, sprich», Rowohlt, Reinbek 1984

Aus dem Englischen von Dieter E. Zimmer

(65) Szenen aus dem Leben eines Doppelungeheuers
Englisches Original: «Scenes from the Life of a Double Monster» (Teil eines geplanten Romans mit dem Titel «The Double Monster» [Das Doppelungeheuer])
Geschrieben 1950 in Ithaca, New York
Erstveröffentlichung: «The Reporter», New York, 18(6)/20. März 1958, Seite 34–37
Enthalten in der Sammlung «Nabokov's Dozen», 1958

Aus dem Englischen von Dieter E. Zimmer
Enthalten in der Sammlung «Frühling in Fialta», 1966

(66) Die Schwestern Vane
Englisches Original: «The Vane Sisters»
«Geschrieben Februar 1951 in Ithaca, New York»
Erstveröffentlichung: «Hudson Review», New York, 11(4)/Winter 1958/59, Seite 491–503
Enthalten in der Sammlung «Tyrants Destroyed», 1975

Aus dem Englischen von Dieter E. Zimmer
Enthalten in der Sammlung «Frühling in Fialta», 1966

«... In dieser Geschichte soll der Erzähler nicht merken, daß sein letzter Absatz von zwei toten Mädchen akrostisch benutzt wurde, um ihren geheimnisvollen Anteil an der Geschichte geltend zu machen. Es ist ein Trick, den man nur einmal in tausend Jahren belletristischer Prosa versuchen kann. Ob er funktioniert hat, ist eine andere Frage.»

(67) Lance
Englisches Original: «Lance»
Geschrieben vor September 1951 in Ithaca, New York
Erstveröffentlichung: «The New Yorker», New York, 27(51)/2. Februar 1952, Seite 21–25
Enthalten in der Sammlung «Nabokov's Dozen», 1958

Aus dem Englischen von Dieter E. Zimmer
Enthalten in der Sammlung «Frühling in Fialta», 1966, und «Stadtführer Berlin», 1985

Bibliographien

Dieter E. Zimmer: «Vladimir Nabokov – Bibliographie des Gesamtwerks». Rowohlt, Reinbek 1963 und 1964 (52 Seiten)

Andrew Field: «Nabokov – A Bibliography». McGraw-Hill, New York 1973 (249 Seiten)

Michael Juliar: «Vladimir Nabokov – A Descriptive Bibliography». Garland, New York 1986 (780 Seiten)

Ohne die Arbeit dieser Bibliographen wären die vorstehenden genauen Datierungen nicht möglich gewesen. Weitere wertvolle Auskünfte verdankt der Herausgeber Nabokovs Biographen Brian Boyd. Die Datierung der englischsprachigen Geschichten beruht auf ihren Erwähnungen in veröffentlichten Briefen:

Simon Karlinsky (Hrsg.): «The Nabokov-Wilson Letters – Correspondence Between Vladimir Nabokov and Edmund Wilson 1940–1971». Harper & Row, New York 1980

Vladimir Nabokov

Ada oder Das Verlangen *Aus den Annalen einer Familie*
(rororo 14032)

Das Bastardzeichen *Roman*
(rororo 15858)
Mit aller Präzision seines Stils zeigt Nabokov hier die totalitäre Welt als das, was sie ist: eine «bestialische Farce», ein Gemisch aus Lächerlichkeit und Grauen. Auch in diesem seinem düstersten Buch erweist sich Nabokov als ein Meister des Grotesken.

Briefwechsel mit Edmund Wilson 1940 – 1971
(rororo 22159)
Es war eine merkwürdige Freundschaft zwischen Vladimir Nabokov und dem gefürchteten Literaturkritiker Edmund Wilson. Diese 323 Briefe aus einunddreißig Jahren dokumentieren sie von ihren enthusiastischen Anfängen bis zu ihrem traurigen Ende. Sie bieten überdies die seltene Möglichkeit, einen etwas privateren Nabokov kennenzulernen.
«Hochspannend – nicht nur für Nabokovianer.»
Die Woche

Durchsichtige Dinge *Roman*
(rororo 15756)

Der Späher *Roman*
(rororo 13568)

Die Mutprobe *Roman*
(rororo 22383)
Melancholische Erinnerungen an die russische Heimat Vladimir Nabokovs.
«Ein Meisterwerk.»
FAZ

rororo Literatur

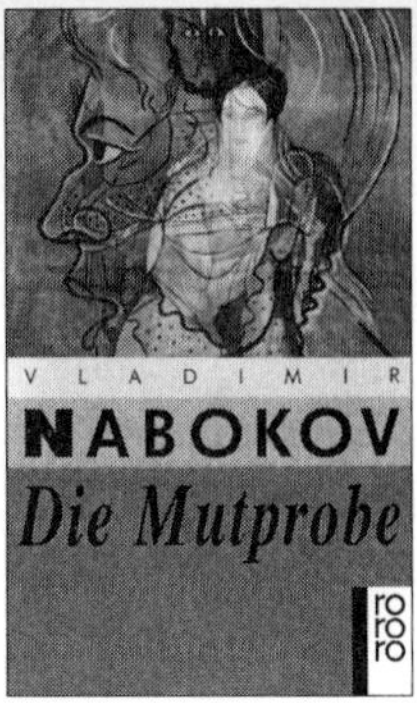

Armin Mueller-Stahl liest
Vladimir Nabokov
Der Zauberer
2 Toncasetten im Schuber
(Literatur für Kopf Hörer 66005)

Vladimir Nabokov
dargestellt von
Donald E. Morton
(bildmonographien 50328)

«Seine Werke sind ein Gebäude, bei dem sich der Blick in jede Ecke lohnt.»
John Updike

Ein Gesamtverzeichnis aller lieferbaren Titel von **Vladimir Nabokov** finden Sie in der *Rowohlt Revue*. Vierteljährlich neu. Kostenlos in Ihrer Buchhandlung.

Rowohlt im Internet:
www.rowohlt.de

3662/2

Vladimir Nabokov

Vladimir Nabokov
Gesammelte Werke
Herausgegeben von
Dieter E. Zimmer

Maschenka. König Dame Bube. Frühe Romane 1. *Band 1*
Deutsch von
Klaus Birkenhauer und
Hanswillem Haefs
600 Seiten. Gebunden

Lushins Verteidigung. Der Späher. Die Mutprobe. Frühe Romane 2. *Band 2*
Deutsch von Dietmar Schulte
Dieter E. Zimmer und
Susanna Rademacher
784 Seiten. Gebunden

Gelächter im Dunkel. Verzweiflung. Camera obscura. Frühe Romane 3. *Band 3*
Deutsch von
Renate Gerhardt,
Hans-Heinrich Wellmann,
Klaus Birkenhauer u. a.
816 Seiten. Gebunden

Einladung zur Enthauptung *Roman. Band 4*
Deutsch von
Dieter E. Zimmer
272 Seiten. Gebunden

Die Gabe *Roman. Band 5*
Deutsch von Annelore
Engel-Braunschmidt
800 Seiten. Gebunden

Das wahre Leben des Sebastian Knight *Roman. Band 6*
Deutsch von
Dieter E. Zimmer
304 Seiten. Gebunden

Das Bastardzeichen *Roman. Band 7*
Deutsch von
Dieter E. Zimmer
352 Seiten. Gebunden

Literatur

Lolita *Roman. Band 8*
Deutsch von Hellen Hessel,
Maria Carlsson,
Kurt Kusenberg u. a.
704 Seiten. Gebunden

Pnin *Roman. Band 9*
Deutsch von
Dieter E. Zimmer
304 Seiten. Gebunden

Erzählungen 1. 1921 – 1934 *Band 13*
Deutsch von Gisela Barker,
Jochen Neuberger,
Blanche Schwappach u. a.
712 Seiten. Gebunden

Erzählungen 2. 1935 – 1951 *Band 14*
Deutsch von
Renate Gerhardt,
Jochen Neuberger
und Dieter E. Zimmer
632 Seiten. Gebunden

Lolita. Ein Drehbuch *Band 15*
Deutsch von
Dieter E. Zimmer
352 Seiten. Gebunden

Nikolaj Gogol *Band 16*
Deutsch von
Jochen Neuberger
216 Seiten. Gebunden

Vladimir Nabokov

Vladimir Nabokov
Gesammelte Werke
Herausgegeben von
Dieter E. Zimmer

Deutliche Worte *Interviews - Leserbriefe - Aufsätze. Band 20*
Deutsch von Kurt Neff, Gabriele Forberg-Schneider, Blanche Schwappach u. a.
Mit einem Vorwort von Dieter E. Zimmer
576 Seiten. Gebunden

Erinnerung sprich *Wiedersehen mit einer Autobiographie. Band 22*
Deutsch von Dieter E. Zimmer
560 Seiten. Gebunden

Briefwechsel mit Edmund Wilson 1940 – 1971. *Band 23*
Deutsch von Eike Schönfeld.
Essay von Simon Karlinsky
768 Seiten. Gebunden

Außerdem als gebundene Ausgaben lieferbar:

Ada oder Das Verlangen *Aus den Annalen einer Familie*
Deutsch von Uwe Friesel und Marianne Therstappen
736 Seiten. Pappband

Sieh doch die Harlekins! *Roman*
Deutsch von Uwe Friesel
280 Seiten. Gebunden

Der Späher *Roman*
Deutsch von Dieter E. Zimmer
128 Seiten. Gebunden

Der Zauberer *Roman*
Deutsch von Dieter E. Zimmer
144 Seiten. Gebunden

Literatur

Lushins Verteidigung *Roman*
Deutsch von Dietmar Schulte
264 Seiten. Gebunden

Das wahre Leben des Sebastian Knight *Roman*
Deutsch von Dieter E. Zimmer
232 Seiten. Gebunden

Der schwere Rauch
Gesammelte Erzählungen
Herausgegeben von Dieter E. Zimmer
Deutsch von Wassili Berger, Renè Drommert, Renate Gerhard u. a.
Mit einem Nachwort von Dieter E. Zimmer
352 Seiten. Gebunden

Literaturmagazin 40
Vladimir Nabokov
Herausgegeben von Martin Lüdke und Delf Schmidt unter beratender Mitarbeit von Dieter E. Zimmer
192 Seiten. Kartoniert